Agnes Spiro

Verfolgerwahn

BOD

Inhaltsverzeichnis

Unter Stalkern   5

Freundinnen   47

Verfolgerwahn   96

Bibliographische Informationen der Deutschen Nationalbibliothek

Die Deutsche Nationalbibliothek verzeichnet diese Publikation in der Deutschen Nationalbibliographie; detaillierte bibliographische Daten sind im Internet über htttp://dnb.dnb.de abrufbar

2017 Agnes Spiro

Herstellung und Verlag

BoD – Books on Demand, Norderstedt

ISBN 9783743127494

UNTER STALKERN

Weißgelbe Lichtkegel. Sie bohren sich durch die in die Wohnungstür eingelassene Glasscheibe. Sie tanzen auf und ab. Hin und her. Sie fallen in einen Raum, dessen Tür geöffnet ist. Sie umkreisen den Kopf einer schlafenden Frau. Saugen sich fest, bis sie erwacht. Aber auch jetzt bleiben die weißlichen Kegel über das Gesicht der Frau gestülpt. Bis sie aufsteht. In den Flur tappt.

Sie hat doch vor dem Zubettgehen nirgends Licht brennen lassen. Jetzt sieht sie die Lichtquelle im Treppenhaus. Direkt vor der Glasscheibe ihrer Wohnungstür. Sie glaubt die Umrisse einer hochgewachsenen Gestalt zu erkennen. Sie tastet nach dem Lichtschalter, knipst das Licht an. Da erlischt der Lichtkegel.

Im dunklen Treppenhaus war niemand zu sehen. Hatte sie alles nur geträumt? Oder litt sie schon an Halluzinationen? Sie ging in die Küche. Sie würde sich Kaffee kochen, denn so paradox es klingen mochte, half der schwarze, frisch aufgebrühte Trank ihr meistens, wieder einzuschlafen, wenn sie mitten in der Nacht aufwachte.

Wie der Schlaf- und Wohnraum ähnelte die Küche einem Campingzelt – ausstaffiert nur mit Klapptisch und zwei Klappstühlen. Ein Zweiplattenkocher stand auf den Steinfliesen ebenso wie Wasserkocher und Kaffeemaschine. Erst vor zehn Tagen war sie eingezogen, denn auf ihre vielen Stellenbewerbungen hatte sie erst vor einem Monat hier in G. ein Stellenangebot erhalten. Als Mitarbeiterin eines kleinen Verlags, von dessen Existenz sie noch vor einem halben Jahr nichts ahnte. Nach einem langen Telefonat hatte die Verlegerin auf ein persönliches Vorstellungsgespräch verzichtet.

Ihre nackten Füße auf den kalten Fliesen. Wie weißliche Kriechtiere, die sich außerhalb ihres Körpers befanden, denn sie spürte nicht die Kälte in sich eindringen. Und doch folgte ihnen ihr Körper wie ein gehorsamer Diener, ließ sich von ihnen hin und her bewegen. Bis die Kaffeemaschine zu gurgeln begann und einen warmen, würzigen Duft ausatmete.

Sie ging zurück ins Wohn-Schlafzimmer, zog die Hausschuhe an. Warf sich eine warme Jacke über die Schultern. Sie durfte sich nicht erkälten, sonst wäre es wohl mit dieser Stelle vorbei, bevor sie sie überhaupt angetreten hätte.

Sie goss die dampfende dunkelbraune Flüssigkeit in einen Kaffeebecher und setzte sich auf einen der Klappstühle, die sie selbst in ihrem Golf von B. hierher transportiert hatte. Wie ihre Faltmatratze, die fürs Erste als Bettersatz dienen musste. Bis sie endlich wieder monatlich so viel Geld auf dem Konto hatte, dass sie nicht jeden Cent zweimal umdrehen musste. Denn von der schmalen Witwenrente, die sie seit Thomas' Tod vor zwei Jahren erhielt, konnte sie nur ein Jahr dank der gemeinsamen Ersparnisse ganz gut leben. Natürlich kündigte sie so schnell wie möglich die 100 qm große Wohnung und mietete eine preiswerte Einzimmerwohnung. Nach der Haushaltsauflösung half ihr Sohn, ein Student der Ingenieurstechnik, beim Umzug. Aber das war dieses Mal nicht möglich, denn jetzt steckte Daniel in den Examensvorbereitungen.

Als der Kaffee ihre Eingeweide zu wärmen begann, fiel es ihr wieder ein. Der blendend helle Lichtstrahl, der wie ein Wurfgeschoss die Glasscheibe durchdrungen und bis zu ihrem Kopf geschnellt war. Wer konnte ihn geschleudert haben? Warum? Gewiss kein potentieller Einbrecher, denn hier war wirklich nichts zu holen. Hier kannte sie niemand. Oder doch – aus lang zurückliegenden Studienzeiten? Wie viele Jahre war es her, dass sie an der Universität G. Germanistik und Politologie studiert hatte? Über dreißig Jahre gewiss. Kontakte aus dieser Zeit gab es nicht mehr. Sie war froh, als sie nicht mehr rätseln, sondern gähnen musste. Ihre Augendeckel und Beine schwer wurden. Sie knipste das Licht im Flur aus und tastete sich in der Dunkelheit zurück zur Faltmatratze. Es dauerte nicht lange, bis sie einschlief.

Mit ihrem klapprigen Golf fuhr sie am nächsten Morgen zum Stadtrand von G. Da sie schon am Sonntagmorgen die Strecke abgefahren war – Thomas alter Navi war nicht mehr zu gebrauchen – entdeckte sie bald die Konradstraße Nr. 2 im gemischten Wohn- und Industriegebiet. Ein einstöckiges Backsteinhaus, über dessen Eingangstür ´Atlantis-Verlag, Inhaberin Anita Eggeling´, stand.

Auf ihr Klingeln öffnete eine füllige Frau mittleren Alters. Judith sah in ein rundes, lächelndes Gesicht. In rauchgraue, weit geöffnete Augen. Sie passten zur rauchigen Stimme und den grauen, vollen Haaren, die in Wellen über die Schultern bis zur Taille herabfielen.

„Sie sind sicher Judith Jahnke. Und ich bin Anita Eggeling. Kommen Sie herein." Judith folgte ihr in einen schmalen Flur, dann in ein mittelgroßes Büro. Auf dem Schreibtisch neben dem Laptop türmten sich Blätterstapel, davor, dahinter und daneben grünes Blätterwerk. Unzählige Topfpflanzen, die Judith, abgesehen von den Hortensien, Azaleen und Orchideen, botanisch nicht einordnen konnte. Man musste sich erst einen Weg durch das wuchernde Gewächs bahnen, um die weißen Wandschränke zu erreichen, in denen Judith die Früchte verlegerischer Arbeit vermutete.

Der angrenzende Raum sei Judiths zukünftiger Arbeitsbereich. Anita lächelt sphynxhaft. Sie scheint Judiths Verwunderung nicht zu bemerken. Auch in diesem kleineren Zimmer wuchern Grünpflanzen in großen und kleinen Töpfen. Sie solle doch gleich ihren Laptop hochfahren, hört sie jetzt Frau Eggeling sagen. Unter der E-Mail-Adresse ccam@gmail.com fände sie die Leseprobe eines Manuskript, das vor vierzehn Tagen hier eingegangen und das recht originell sei – zumindest im Vergleich zu den Wogen aus Wortgestrüpp und Worthülsen, mit denen wöchentlich ihr Computer geflutet werde. Bei Fragen solle sie sich an sie wenden. Aber Anita Eggeling lässt Judith gar keine Zeit zum Fragen, sondern entschwindet sogleich. Lächelnd. Sphinxartig.

Judith gibt besagte E-Mail-Adresse an ihrem PC ein. Als Datei-Anhang erscheint der Titel „Femistat" von Carola Camenz. Sie klickt noch ein paar Seiten weiter bis zum Textteil und beginnt zu lesen:

Enrica hatte den kleinen, grauhaarigen Mann schon eine Weile beobachtet, unauffällig über die Blätter ihrer Zeitung gebeugt. Wie ein alter Mäuserich nagte er an einem Kuchenstück. Wie er mit zittrigen Fingern die Kuchengabel zum Mund führte. Was in diesen alten, vertrockneten Kerlen wohl vorgehen mochte? Wahrscheinlich war er ein spätes Knäblein oder schon seit Jahren ein einsamer Witwer, für den sich keine Fensch mehr interessierte. Vielleicht gerade noch ein paar andere alte Hutzelmännlein, die mit ihm zum Kaffeeklatsch zusammen kamen, um über Belangloses zu tratschten. Enrica musste immer wieder hinüber schielen. Irgendwie interessierte sie sich für dieses ältliche Herrlein. Wie sich frau für ein seltsames, leicht Ekel erregendes Insekt interessiert.
„Darf ich Ihnen noch etwas bringen, meine Dame?" Der junge, hübsche Kellner war dicht an ihren Tisch heran getreten und

lächelte sie liebenswürdig an. „Ja, bringen Sie mir noch einen Damentoast und noch ein Glas Spätburgunder. Und dann hätte ich noch eine Frage." Enrica senkte die Stimme. „Kennen Sie den älteren Herrn, der dort drüben hinten in der Nische ganz allein an einem Tisch sitzt?" Der Kellner antwortete, für jede hörbar: „Einer unserer Stammgäste. Früher ein Oberregierungsrat." Er fing an zu kichern. „Jetzt ein richtig alter Schruller." Er verzog die Lippen zu einem breiten Grinsen und zwinkerte Enrica zu. „Der Toast und das Glas Wein kommen gleich."
Enrica beobachtete mit Kennerinnenblick, wie sich der Kellner von ihrem Tisch entfernte. Biegsamer Gang, breite Schultern, ein elegant geformter Kopf. Eine wahre Augenweide. Im Gegensatz zu den wenigen Ehemännern, die mit ihren Frauen an den anderen Tischen saßen. Ihre voluminösen Bäuche wölbten sich trotz Korsetts über den Hosenbund, die Toupets, die die Halb- oder Ganzglatzen verdecken sollten, waren zumeist verrutscht. Auch das sorgfältigste Make-up konnte ihre Knitter- und Dackelfalten nicht verbergen. Wie es ihre Frauen nur mit solch abgetakelten Kerlen aushielten?

Nach dem Essen und einem Espresso vertiefte sich Enrica wieder in ihre Zeitung. Auf der Titelseite natürlich die üblichen Schlagzeilen: ´Neues Handelsabkommen zwischen den USA und der EU´... auf der zweiten Seite erfuhr frau von einem beunruhigenden Ereignis aus Indien/Punjab: ´Brutale Kastration eines Inders durch eine Gang aufgebrachter, bewaffneter Frauen´. Die Journalistin beschrieb die Tat als Vergeltung für mehrere Vergewaltigungen, die sich zuvor im Gebiet um Lahore ereignet hätten. Sie seien von einsamen, frustrierten Kerlen verübt worden. Die Täter seien wohl gefasst und inhaftiert, doch der Zorn unter der weiblichen Bevölkerung schwele weiter und habe nun zu dieser gewiss beklagenswerten Reaktion geführt.

Enrica hatte genug vom Zeitunglesen und im Café herumsitzen. Sie zahlte ihre Rechnung, gab dem hübschen, zuvorkommenden Kellner ein üppiges Trinkgeld und verließ das Lokal.

Auch jetzt, nach ihrer Pensionierung als Personalmanagerin eines mittelgroßen Konzerns, war sie, Göttin sei Dank, in der Lage, üppige Trinkgelder verteilen zu können. Sie bekam monatlich nicht nur eine stattliche Pension, sondern profitierte heute noch von dem Polster, das sie vor dreißig und fünfunddreißig Jahren bei der Geburt ihrer Kinder als staatliche Prämien erhalten hatte. Nachdem über Jahrzehnte die Bevölkerungszahl immer weiter geschrumpft war, waren die Damen der Regierung endlich zur Einsicht gelangt, dass allein die Frauen durch ihre Gebärfähigkeit den Fortbestand des deutschen Volkes garantieren. Um einen Anreiz zu schaffen, diese Fähigkeit in größerem Umfang unter Beweis zu stellen, war frau auf den Einfall mit der Prämie gekommen. Natürlich meldeten sich sogleich die Bedenkenträgerinnen der Opposition zu Wort. Frau könne doch so etwas Privates und Kreatürlich-Intimes wie Schwangerschaft und Geburt nicht mit schnödem Geld aufwiegen. Das sei genauso verwerflich wie die Leihmutterschaft. Und natürlich protestierten die wenigen männlichen Abgeordneten, die von himmelschreiender Ungerechtigkeit faselten. Schließlich setzte sich die Regierungschefin mit Mutterwitz und Pragmatismus durch: Eben weil nur Frauen in der Lage seien, Kinder zu gebären, ohne Kinder die Fenschheit jedoch aussterbe, sei es nur recht und billig, in einer kapitalistischen Gesellschaft, in der alles seinen Preis habe, auch die allerwichtigste Tätigkeit angemessen zu honorieren. Pro Kind mit einer halben Million Euro. So kam es, dass die Mütter, und das waren ca. 35 % der Bevölkerung, die reichste Bevölkerungsgruppe wurden. Natürlich lamentierten einige Maskulinisten, frustrierte, unansehnliche Tucker nebenbei bemerkt, aber es half ihnen wenig. Sie mussten sich mit den biologischen Naturgesetzen und den daraus folgenden wirtschaftlichen Konsequenzen eben endlich einmal abfinden. Während Enrica solchen und ähnlichen Gedanken nachhing, schlenderte sie die Allee entlang in Richtung Ricarda Club. Immer wieder kamen ihr junge, knusprige Kerle entgegen. In engen

Jeans oder Lederhosen, so dass sich ihre Knackärsche prächtig abzeichneten. Auch ihre Jacken waren eng geschnitten und betonten die breiten Schultern, die muskulösen Oberarme, die schmalen Hüften. Die meisten hatten auch makellose Gesichter – mit oder ohne Bart. Aber irgendwie ähnelten sie einander wie Klone. Austauschbar. Ohne Individualität.
Am Ende der Allee befand sich das prunkvolle, barocke Damenhaus – der Ricarda Club. Enrica betrat die Eingangshalle und zeigte dem Portier ihren Mitfrauenausweis.
Dann kam sie in den weiten, holzgetäfelten Saal. Die hohen Kristallspiegel an den Wänden warfen das Licht der Kronleuchter zurück. Die tiefen, champagnerfarbenen Ledersessel, in denen lässig, mit übereinandergeschlagenen Beinen, ein paar ältere Frauen saßen. In grauen, beigen oder anthrazitfarbenen Kostümen. Die ergrauten Haare kurzgeschoren. Einige waren in die Financial Times vertieft, andere über Play Girl Hochglanz Magazine gebeugt.
„Fensch, Lilo, altes Mädchen. Schon lange nicht mehr gesehen."
Enrica hatte die mittelalterliche Frau erst erkannt, als sie dicht an deren Sessel vorbei ging. Nach freundschaftlichem Schulterschlag ließen sie sich an einem Ebenholztisch nieder, dessen eingearbeitete Intarsien durch die Spitzendecke schimmerten. Sogleich stand ein ranker, schlanker Kellner neben ihnen. Beide bestellten Cointreau, später Irish Coffee.
„Du hast gerade das Börsenblatt studiert, als alte Füchsin kannst du mir doch verraten, in welche Aktien frau investieren sollte." – „Natürlich kann ich das." Lilo knirschte beim Sprechen mit ihren falschen Zähnen. „Werd´ ich das – unter uns Old Girls gebe ich gerne heiße Tipps weiter." Lilos scharfe, kleine Augen waren auf Enrica gerichtet. „Das Unternehmen Micado, das kaum eine kennt, legte in diesem Quartal eine Bilanz hin, von der die allseits bekannten Konzerne nur träumen können. Investiere dort 10000, 20000 € - und du bist binnen kurzer Zeit eine gemachte Frau. Aber das bist du ja längst. Wie geht es denn dem Herrn Gemahl? Wie alt ist er noch mal?"- So, schon vierzig. Er

sieht glatt wie dreißig aus. Da hast du dir mit deinen 60 Jahren wirklich ein Prachtexemplar ausgesucht. Nochmals herzlichen Glückwunsch. Ah, hier kommt unser Cointreau. Lass´ uns auf die Schönheit der Männer und die Macht der Frauen anstoßen."

Gegen 16.30 machte sich Enrica auf den Weg zum Kosmetikinstitut, in dem ihr Mann arbeitete. Richard war noch beschäftigt, als Enrica den Salon betrat. So konnte sie sich setzen und die Kunden beobachten. Allesamt Männer, junge, aber auch viele mittleren Alters und alte, die sich die Augenbrauen zupfen, Gesichtsmassagen verabreichen, Make-up auflegen, die Fingernägel maniküren ließen. Bei reifer, um nicht zu sagen überreifer Haut ähnelten ihre kosmetisierten Gesichter altägyptischen Mumien.

Endlich zu Hause angekommen, eilte Richard in die Küche, um das Abendessen zuzubereiten, während Enrica den Tisch deckte und sich dann vor dem Fernseher niederließ. Beim Abendessen erzählte Enrica von ihrem Nachmittag im Ricarda Club. Richard dagegen blieb einsilbig. Mümmelte bekümmert an seinem Reis mit zarter Putenbrust. Fragen nach dem Grund für seine Schweigsamkeit wich er beharrlich aus, bis er endlich in Tränen ausbrach. Ein Kunde habe sich heute über sein Doppelkinn, ein anderer vor ein paar Wochen über sein leicht gewölbtes Bäuchlein mokiert. Er sei doch am Ende nicht gar schwanger? Dann hätten die jungen Scheißkerle lauthals losgelacht. Er sei bis unter die Haarwurzeln errötet. Enrica versuchte, ihren Schatz zu trösten, legte ihm den Arm um die Schultern. Er solle doch die blöden Säcke reden lassen, wenngleich...Sein Doppelkinn sei ihr in den letzten Monaten auch ein paar Mal aufgefallen. Ja, wenn sie ehrlich sei, und sie hätten doch vereinbart, immer ehrlich zueinander zu sein, dann habe sie es auch schon ästhetisch gestört. Aber frau könne doch heute leicht Abhilfe schaffen. Eine kosmetische Operation bei einer erfahrenen Schönheitschirurgin würde Wunder wirken. Nachher sähe er wieder aus – wie Adonis. Aber jetzt solle er nicht weiter heulen, sondern....

Anita streckte den von grauen Haaren umwallten Kopf durch die Tür. Ob Judith nicht zu einer Pause kommen wolle? Sie habe gerade Kaffee frisch aufgebrüht. Zu Judiths Erstaunen befand sich im Büro der Chefin, versteckt hinter Palmen, ein Sofatischchen mit zwei Korbsesseln. Während Anita die beiden Tassen mit Kaffee füllte und sagte, Judith solle sich mit den bereitstehenden Keksen, mit Milch und Zucker selbst bedienen, nahm diese Platz. Was sie von der Leseprobe halte, wollte Anita wissen. „Ein interessanter Einfall – verkehrte Welt, konsequent durchexerziert. Aber neu ist er nicht. Man denke nur an ´Die Töchter Egalias´[1] von Gerd Brantenberg oder ´Herr Müller, Sie sind doch nicht schwanger?´ von Martin Wehrle[2]."
Irgendwie finde ich den Text, auch wenn es sich um eine Satire handelt, reichlich überzogen."

„Ja, und? Was jene Bücher betrifft: Was haben sie bisher bewirkt? Herzlich wenig, mal von dem offiziellen Verriss der ´Töchter Egalias´ ganz abgesehen. Genauso wenig wie ´Der Krieg gegen die Frauen´[3], obgleich Marilyn French mit einer Fülle von Faktenmaterial gearbeitet hat. Genau deshalb müsste der Buchmarkt mit ähnlich gearteten Büchern jedes Jahr aufs Neue überschwemmt werden, immer wieder die Variation desselben Themas – als Gegenmelodie zu dem ewig-alten Schlummerlied. Das ist der Grund, warum ich dieses Buch verlegen werde."

Anitas Haut hatte sich gerötet, gierig trank sie die Tasse leer, füllte sich gleich ein zweite, während Judith noch an der ersten

---

[1] Gerd Brantenber: Die Töchter Egalias. Berlin 1980

[2] Martin Wehrle: Herr Müller, Sie sind doch nicht schwanger? München 2014

[3] Marilyn French: Der Krieg gegen die Frauen. München 1992

nippte und lustlos an den Keksen knabberte. Sicher, Anitas Argument war nicht von der Hand zu weisen, aber....Bevor sie den Gedanken zu Ende denken konnte, sagte Anita, es warte noch eine andere, dringlichere Aufgabe auf Judith. Auf ihrem Monitor finde sie die Aufträge von Buchhandlungen der letzten vier Wochen. Es dürften an die vierzig sein. Die bestellten Bücher befänden sich in einer Abstellkammer hinter ihrem Zimmer. Dort lägen auch Kartons, Packpapier etc. „Schreiben Sie bitte an Ihrem PC die Rechnungen, Versandgebühren werden extra berechnet, drucken Sie sie aus, machen Sie die entsprechenden Bücherstapel fertig, kleben Sie den Ausdruck der Adressen und unseres Absenders auf die jeweiligen Pakete." Anita war aus dem Sessel geglitten und zu ihrem Schreibtisch zurückgekehrt.

Es war ganz angenehm, mit den Händen zu hantieren. Den Gedanken freien Lauf lassen zu können. Zum Beispiel über Anita Eggeling. Gewiss keine alltägliche Erscheinung. Irgendwie widersprüchlich. Einerseits ihr bemerkenswertes Vertrauen, das sie Judith allein dadurch bewiesen hatte, dass sie auf ein persönliches Vorstellungsgespräch verzichtete und sich, nach Durchsicht der umfassenden Bewerbungsunterlagen, mit einem einstündigen Telefonat begnügte. Sie verstehe Judiths prekäre Situation, schließlich ergehe es vielen Frauen um die fünfzig oder älter ganz ähnlich. Sie hatte ihr den auf ein halbes Jahr befristeten Arbeitsvertrag vor einem Monat nach B. geschickt, bevor Judith in G. auf Wohnungssuche gegangen war. Andererseits – trotz ihres Lächelns blieb sie distanziert. Bestimmend. Natürlich hatte sie auch alle Rechnungen akribisch kontrolliert, bevor Judith diese in den diversen Paketen verstauen konnte.

Gegen 13 Uhr hatte Anita Judith zum Imbiss in ihrer Küche im 1. Stock eingeladen. Es gab Käsebaguette, frisch in der Mikrowelle aufgebacken, dieses Mal zum Einstand kostenlos. In Zukunft ein

Lunch für € 2,5 - 3,00 regelmäßig zur Mittagszeit. Getränke, kalt oder warm, noch einmal 0,50 -1,00€.

Während des Essens gab sie ein wenig von sich preis. Dass sie sich erst vor zwei Jahren als Verlegerin selbständig gemacht, zuvor bei verschiedenen Zeitungen als Presselektorin gearbeitet habe. Nein, eine weitere Mitarbeiterin gäbe es nicht. Sie müsse bei dem harten Wettbewerb mit all den etablierten Verlagen, ganz zu schweigen von den elektronischen Medien wie e-books etc., jeden Monat knapp kalkulieren, wenn sie auch dank einer Erbschaft noch nicht ums Überleben kämpfen müsse.

Zusammen waren sie dann kurz nach 16 Uhr zur nächsten Postfiliale gefahren. Anita fuhr in ihrem Wagen voraus, Judith folgte in ihrem Golf. Jeder Kofferraum war vollgepfropft mit Kartons, die sie gemeinsam zu einem der Postschalter schleppten. Und wegen der langen Schlangen vor allen Schaltern noch endlos lange warten mussten. Es war gegen 17.30, als Judith Anitas mondgleiches Gesicht in der Masse der Gesichter untergehen sah. Sie selbst zog noch am Geldautomaten € 100, denn sie musste vor ihrer Rückfahrt im Supermarkt einkaufen. Wenigstens das Nötigste, Milch Kartoffeln, Margarine, Quark, auch Fisch, Bismarckhering zum Schnäppchenpreis. Und natürlich Kaffee, ihr Lebenselixier. Sie hatte heute Morgen den Reklamezettel der Penny Markt-Sonderangebote eingesteckt, den sie am Wochenende neben den kostenlosen G-Nachrichten in ihrem Briefkasten fand.

Endlich, gegen 19 Uhr, kann Judith ihre Wohnungstür aufschließen, einen Topf mit Wasser auf den Zweiplattenkocher stellen, auf die höchste Stufe schalten, vier Kartoffeln abspülen, und sich dann mit dem ′G-Kurier′ auf einen Klappstuhl setzen. Sie überfliegt die Schlagzeilen.

‚Wieder Gefechte zwischen Separatisten und Polizei in der Ukraine – Terroranschlag auf eine Synagoge in Jerusalem – Boko Haram wieder Schule überfallen und zweihundert Mädchen entführt.′ Darunter ein Foto, das in schwarzen Burkas steckende jungen Frauen zeigt, die aneinander gekettet waren. Laut Bericht sollten die Frauen mit Islamisten zwangsverheiratet werden.

Das Wasser brodelt und zischt bereits. Judith legt die Kartoffeln hinein. Schaltet die Herdplatte zurück auf Stufe 1 und setzt ihre Lektüre fort.

′Die IS-Milizen haben im Irak die Städte Tikrit, Kobani und Mossul eingenommen und vierhundert Geiseln vor laufender Kamera enthauptet. Die gefangenen Frauen wurden erst vergewaltigt, anschließend ebenfalls enthauptet. Die IS-Miliz plant Terrorakte in den Vereinigten Staaten und in Europa.

Die EU plant, weltweit alle Steueroasen in ein neues, für alle verpflichtendes vertragliches Regelwerk einzubinden.

Die Aufsichtsräte in Deutschland protestieren gegen die geplante Frauenquote, da sie dem Wirtschaftsstandort Deutschland schaden könne.

In Indien kam es zum vierten Mal innerhalb eines Monats zu Massenvergewaltigungen von Inderinnen, auch ausländische Touristinnen wurden in Neu Dehli von einer Clique herumlungernder Männer vergewaltigt.

Nach einer Studie des Bundesministeriums für Familie, Senioren, Frauen und Jugend[4] verdienen auch heute in Deutschland im Jahr 2014 Frauen im Durchschnitt 22% weniger als ihre männlichen Kollegen in vergleichbaren Positionen. Daraus, und vor allem wegen der durch Kinderbetreuung unterbrochenen Erwerbsbiographien resultiere die zunehmende Altersarmut von Frauen. Daran habe sich in den letzten Jahren nichts geändert – trotz besserer weiblicher Berufsqualifikation.

Sie blättert die buntscheckigen Blätter der illustrierten Beilage um, Kaschmir-Strickkleider burgunderrot, flaschengrün, senfgelb, leuchtendes Herbstlaub, dazu passende Gehröcke, in denen sich makellose Mädchen rekeln.

Ihr knurrt der Magen. Mit der Gabel sticht sie in eine der Pellkartoffeln, die mittlerweile butterweich ist. Man kann deren Schale wie dünne Haut abziehen. Abwechselnd stopft sie sich die gepellten Kartoffelbrocken und Stücke des säuerlichen Bismarckherings in den Mund. Dazwischen einen kräftigen Schluck aus dem prall mit Becks Bier gefüllten Glas. Sie will heute Nacht durchschlafen. Vorsichtshalber wird sie das Kopfende der Faltmatratze umdrehen, so dass es nicht mehr Richtung Tür und Flur weist. Aber die Schlafzimmertür wird sie nicht schließen, um sich nicht wie ein Käfer in einer Zündholzschachtel zu fühlen.

---

[4] Eintragung vom 31. 03 2015 unter
http:www.bmfsfj.de/BMFSFJ/gleichstellung.did=88096.html

Knöchel pochen gegen die Wohnungstür. Klopfen, knacken, hämmern, trommeln. Das Trommeln dringt bis zu Judiths Trommelfell und wirbelt sie aus dem Schlaf. Sie schaltet die Taschenlampe an, tastet sich in den dunklen Flur. Bis zum Glaseinsatz der Wohnungstür. Sie versucht, mit der Taschenlampe das Treppenhaus auszuleuchten. Sie kann eine hochgewachsene Gestalt sehen, die auf den Stufen zum Erdgeschoss verschwindet. Ist es dieselbe, die sie schon vorige Nacht zu erkennen glaubte? Soll sie die Wohnungstür öffnen? Soll sie rufen? Sie kann doch nicht im Pyjama hinterher rennen. Sie öffnet die Wohnungstür dann doch – nur einen Spalt breit. Sie hört, wie die Haustür geöffnet und gleich wieder geschlossen wird.

Sie spürt ihr Herz. Hämmern, pochen, stolpern. Als wolle es aus ihr herausfallen. So lange musste sie warten, so viele vergebliche Stellenbewerbungen schreiben, um immer wieder Absagen zu erhalten. Sie wird sich ihre kostbare Chance im Atlantis Verlag von niemandem nehmen lassen.

In ihrem Arzneikästchen findet sie eine angebrochene Schachtel mit Schlaftabletten. Ihr Hausarzt hatte ihr nach Thomas' Tod Temazepam verschrieben. Immer wieder, sieben oder acht Monate lang. Danach war sie nur noch müde. Auch ohne Tabletten. Sie konnte dann stundenlang auf der Couch liegen, sich in Gedanken auf all die Reisen begeben, die sie mit Thomas und Daniel, später als Daniel schon älter war, nur mit Thomas unternommen hatte – –nach Minsk, Smolensk, Leningrad, nach Nowgorod, Zagorsk und natürlich nach Moskau, wo sie vor dem Kreml auf dem Roten Platz standen. Wie ein Liebespaar in inniger Umarmung. Ein Mitreisender hatte sie in dieser Pose fürs Album fotografiert. Das war vor sieben Jahren. Sie war 48, Thomas 50. Daniel war gerade achtzehn geworden und verbrachte die Ferien mit einem Schulfreund in London, angeblich, um sein Englisch für das bevorstehende Abitur zu polieren. Damals fühlte sie sich sicher. Eingebettet in einen Kokon. Natürlich zankten sie sich auch, vor allem, als sie zwei Jahre nach Daniels Geburt wieder in ihren Beruf als Lektorin zurückkehren wollte. Thomas geriet ganz aus dem Häuschen. Sie brauche durchaus nicht zu arbeiten. Von seinem Gehalt könnten sie wohl nicht üppig, aber solide leben. Oder sei sie vielleicht eine dieser modernen, emanzipierten Rabenmütter, die zwecks Selbstverwirklichung ihre Kinder, kaum dass sie gehen konnten, im Kindergarten oder einer Krippe abgäben? Dass sie einfach den Kontakt zu ihrem Beruf nicht verlieren wollte, zählte in seinen Augen nichts. So gut wie nichts. Dass sie auch tagsüber Umgang mit Erwachsenen haben wollte, mit denen sie sich nicht nur über Persil und Kinderkrankheiten wie in ihrer Müttergruppe unterhalten konnte, zählte noch weniger. Die Sache erledigte sich von selbst, da sie bei den wenigen Vorstellungsgesprächen, zu denen sie geladen wurde, von den Chefredakteuren ganz Ähnliches zu hören bekam. Wenn sie wegen Mann und Kind nicht ganztags arbeiten könne, solle sie in ihrem natürlichen Beruf der Hausfrau und Mutter aufgehen.

Nachdem sie eine halbe Temazepam mit einem Glas Wasser geschluckt hat, stellt sie den Wecker von sechs auf sieben Uhr. Das muss reichen, wenn sie sich beim Anziehen und Frühstücken beeilt.
Sie kommt dann doch rechtzeitig in der Konradstraße 2 an. Sie solle eine Reihe von Buchhandlungen anrufen, sagt Anita, um, wenn möglich, Termine für Lesungen und, wenn möglich, genauere Absprachen über das Procedere zu vereinbaren. Sie finde die Liste mit allen nötigen Informationen unter der Datei ´lesung.doc.´ Was dabei herauskäme, könnten sie in der Kaffeepause besprechen.
Nach endlosen Telefonaten erklären sich nur vier Buchläden bereit, ihren Verkaufsraum nach Ladenschluss zur Verfügung zu stellen. Das Manuskript ´Femistat´ ist per Post in zweifacher

Ausfertigung mit Rückporto eingegangen. Widerwillig macht sich Judith daran, den Text weiter zu lesen:

Enrica erinnerte Richard daran, dass sie heute Abend gemeinsam ins Theater gehen wollten. Es gab wohl nur ein maskulinistisches Stück „Norbert oder das Puppenheim" von einer Henrica Eppsen, aber sie hatten nun einmal das Theaterabonnement und schließlich war es immer ganz hübsch, alte Bekannte in der Theaterpause oder vielleicht auch noch später zu einem kleinen Imbiss im Steakhaus zu treffen. Richard beeilte sich schuldbewusst. Räumte in Windeseile den Geschirrspüler ein, eilte ins Badezimmer unter die Dusche, wühlte in seinem immens großen Kleiderschrank. In smaragdgrünem Sakko über dem schwarzen Seidenhemd und elegant geschnittener schwarzer Hose setzte er sich vor den Frisiertisch, natürlich nicht, ohne sich ein Frisiercape über die Schulter zu werfen. Er legte sorgfältig Make-up auf. Bronzefarben mit Goldschimmer, was vortrefflich zu seinen dichten, schwarzen Haaren passte. Dann die Augen, seine mandelförmigen, dunklen Augen mit Eyeliner markieren, samtgrünen Lidschatten auftragen und die Wimpern schwarz tuschen. Kurz nach neunzehn Uhr schlenderte Enrica herein. Im schlichten, schwarzen Kostüm mit grauer Seidenbluse und flachen, schwarzen Schuhen. Sie schien mit Richards Erscheinungsbild nicht ganz zufrieden. Ob er nicht einen breiten weißen oder, besser noch, einen hellgrünen Seidenschal habe? Den könne er dann so drapieren, dass das leidige Doppelkinn ganz kaschiert werde.

Während der Aufführung langweilte sich Enrica gründlich. Meine Göttin, was wollte dieser wildgewordene Emanzer überhaupt? Hatte eine nette, gutsituierte Frau, die ihrem Mann ein sorgenfreies, bequemes Leben ermöglichte, ihren Teddybären verwöhnte, um nicht zu sagen verhätschelte. Dass ihr einmal die Nerven durchgingen, als ihre Existenz bedroht war, konnte frau doch wirklich verstehen. Dass sie sich in dieser Situation ihrem Norbert gegenüber schäbig verhalten hatte, gewiss auch. Aus den Augenwinkeln beobachtete Enrica Richard, der, wie gebannt, dem Geschehen auf der Bühne folgte. Er sympathisierte wohl insgeheim mit diesem abgefahrenen Norbert? Wenn das so wäre, dann wüsste sie zu gerne, worüber er sich in ihrer Partnerschaft zu beklagen hatte. Sie war doch diejenige, die Grund zur Klage hatte. Über nicht mehr und nicht weniger als über Richards nachlassende Potenz. Aber sie wusste ja, wie empfindlich Männer bei diesem Thema reagierten. Deshalb hatte sie ihm bis jetzt nicht einmal den Gang zum Arzt, geschweige denn die Einnahme von Viagra vorgeschlagen. Wahrscheinlich war es auch klüger, dies in Zukunft nicht zu tun. Göttin sei Dank konnte sich frau auch anders behelfen. Wozu gab es die unzähligen Massagesalons im Rotlichtviertel? Es gab nicht nur Schmuddelsalons, sondern auch solche für die gehobenen Ansprüche. Was für knackige, knusperjunge Kerle da rumstanden. Mit wunderbar geformten nackten, muskulösen Körpern. Nur ihr kostbarster Körperteil steckte in glitzernden Schambeuteln. Wie lange war es schon her, dass sie sich dort hatte verwöhnen lassen? Höchste Zeit, den Nuttern wieder einen Besuch abzustatten.

In der Pause beobachtete Enrica mit Genugtuung, wie Frauen Richard bewundernde Blicke zuwarfen, während die meisten Männer ihn neidisch musterten. Verstohlen, versteht sich. Doch, in der richtigen Aufmachung und mit kaschiertem Doppelkinn war Richard mehr als präsentabel. Ein Hingucker. Sie konnte stolz auf ihn sein.

Bevor sich Enrica in der nächsten Woche tatsächlich von einem Sexarbeiter verwöhnen ließ, traf sie sich mit Lilo im Ricarda

Club. Lilo schien fast die ganzen Tage im Club zu verbringen, Cointreau o. ä. süffelnd. Zur zwischenzeitlichen Ernüchterung auch Irish Coffee. Später, um die Mittagszeit, ließen sie sich Hummersalat mit Wildreis bringen. Schon zuvor hatte Lilo Enrica eine Zeitung in die Hand gedrückt. „Du wirst es nicht fassen, aber lies, lies selbst." Ganz hektisch war sie geworden. Plötzlich tauchten rote Flecken an ihrem runzligen Hals auf.

Enrica hatte schon im Auto die Nachrichten gehört, die sie jetzt auf dem Titelblatt der Zeitung fand. Unter der Schlagzeile 'Unser demokratisches Femistat ist ernsthaft von M-M-Terroristen bedroht'.

Im Textteil erfuhr sie, dass die Maskulum-Miliz-Terroristen einen Bombenanschlag auf einen renommierten Verlag in P. verübt hatten. Bei dem Terroranschlag sei die Chefredakteurin getötet worden. Die Polizei habe das gesamte Gelände um das Verlagsgebäude weiträumig abgesperrt und fahnde mit einem Aufgebot von 80.000 Polizistinnen nach den flüchtigen Terroristen. Auch die Zufahrtswege nach P. seien abgesperrt. Es handle sich bei den Tätern um Männer, die der Polizei als extrem gewaltbereite Mitglieder der weltweit operierenden Maskulum-Miliz bekannt seien.

„Meine Göttin, diese irrsinnigen Säcke. Ich fass' es nicht." Enrica legte die Zeitung beiseite, sie wollte, konnte nicht mehr weiter lesen. „Ist es nicht der reinste Wahnsinn?" Lilos rote Flecken leuchteten. „Warum konnten diese der Polizei bekannten Gefährder in P. frei herumlaufen?" – Versteh' ich auch nicht. Andererseits kann frau auch der Polizei nicht die ganze Verantwortung bei der Sicherung unseres Rechtsstaats zuschanzen. Die Politik ist jetzt gefordert. Schluss mit der ewigen Toleranz für irregeleitete Kerle. Mit dem grenzenlosen Verständnis. – Lilo, lass' uns in die Politik gehen. Lass' uns eine eigene Partei gründen. Die etablierten sind mir alle zu wachsweich."

– „Guter Einfall, aber die Umsetzung wird viel Arbeit bedeuten. Willst du das wirklich – ich meine als Pensionärin noch so viel Arbeit? By the way, wie sollte die Partei denn heißen?"
Enrica lachte glucksend. „Was hältst du von ‚Rettung des Femistats'?- Abgekürzt RDF?"
Sie bestellten eine Flasche Krimsekt, um den Einfall gebührend zu begießen. Beim Verzehr des Hummersalats, der nun endlich mit Wildreis serviert wurde.
Gegen halb fünf rief Enrica Richard an, kurz nachdem sie den Ricarda Club und Lilo verlassen hatte. Sie könne ihn heute nicht im Kosmetiksalon abholen, da sie erst spät nach Hause komme. Deshalb solle er auch mit dem Abendessen nicht auf sie warten. Sie wolle mit Lilo einen Abend mit ehemaligen Kolleginnen und Freundinnen verbringen. Was nicht ganz stimmte. Streng genommen überhaupt nicht. Denn Enrica wollte wohl in der Tat weder Richard abholen noch zu Hause essen. Von Sekt, Cointreau und Irish Coffee beflügelt wollte sie jedoch am Abend ein Establishment in der Buschstraße aufsuchen...Sich wieder ganz als Weib fühlen...Wofür waren die Kerle denn schließlich da, wenn nicht für den Sex? Die Gründung der Partei zur Verteidigung Femistats konnte noch ein wenig warten.

Judith las von Enricas lustvollem Dreier in einer Sexbar, von der Szene, die ihr Richard machte, als sie endlich gegen fünf Uhr morgens, leicht betrunken und von Glückshormonen überschwemmt, zu Hause ankam. Von den Schwierigkeiten bei der Gründung der RDF-Partei, die jedoch drastisch abnahmen, als Enrica und Lilo einen Sekretär einstellten. Den Traum von einem Mann. Mit schulterlangen schwarzen Haaren. Einem Gesicht wie ein Cherubim. Einer Figur wie ein Ballett-Tänzer. Und, was in diesem Fall natürlich ebenso wichtig war, er beherrschte sein Metier aus dem FF. Er knüpfte am Telefon wichtige Kontakte, orderte Flugblätter, organisierte Versammlungsräume und die vorausgehende Werbung etc. War es da nicht natürlich, dass sich Enrica nach wenigen Monaten in ihn verliebte? Lilo wollte ihr noch den Rang ablaufen, aber Silvio gab ihr, Enrica, den Vorzug. Natürlich durfte Richard nichts von ihrer geheimen Liebschaft erfahren. Was auch lange nicht geschah...

Dann fingen die Buchstaben in dem Text an zu wackeln. Zu verrutschen. Sie kullerten über den Schreibtisch. Verschwanden darunter und unter dem Teppich. Als Judith intensiv und konzentriert auf die Seite im Manuskript starrte, die sie gerade lesen wollte, sah sie nur ein weißes Blatt. War sie dabei durchzudrehen? Sie ging auf die Toilette, ließ Wasser aus dem Hahn über ihre Hände, die Handgelenke laufen. Im Spiegel sah ihr ihr vertrautes Spiegelbild entgegen. Sie blieb so lange auf der Toilette, bis sie Anita rufen hörte, es sei Zeit für die Mittagspause. Wo sich Judith denn versteckt habe.
Bei Linseneintopf und Würstchen gab Anita Judith zu verstehen, dass sie ´Femistat´ publizieren werde. Gleichgültig, ob es ein Flop oder Top würde. Aller Wahrscheinlichkeit nach ein Flop. Schon wegen der Thematik, die ja – wieder einmal- völlig out of date sei. Judith war froh, dass sich bei Anitas Entschlossenheit jede weitere Diskussion über das Werk erübrigte. Auch darüber, dass sie am Nachmittag nur Telefonate zu führen und, in Ermanglung einer Reinigungskraft, den Flur, die Toilette sowie ihr und Anitas Zimmer zu reinigen hatte.

Als Judith gegen 16 Uhr zu ihrem Parkplatz in der Konradstraße gehen will, sieht sie, wie ein Autofahrer sie vom Rückspiegel aus beobachtet. In dem Augenblick, als sie dessen Heck passiert, setzt er den Wagen zurück. Sie springt zur Seite, um nicht angefahren zu werden. Ein Blick auf den linken Seitenspiegel des Fahrers zeigt nur dessen Grinsen. Dann fährt er mit rasantem Tempo aus der Parklücke, so dass sich Judith nicht einmal dessen KFZ-Kennzeichen merken kann. Sie öffnet ihre Wagentür. Gerade noch rechtzeitig, bevor sie sich setzt, entdeckt sie auf dem Fahrersitz eine lange Hutnadel mit einer Perle am stumpfen Ende. Wie kam die Nadel auf ihren Sitz? Eines weiß sie nur genau, dass sie selbst keine Hüte, geschweige denn Hutnadeln besitzt. Noch nie besessen hat und – von dieser abgesehen – auch nie besitzen wird.

Sie ist müde, benommen. Vorsichtig packt sie die Hutnadel in das Handschuhfach. Wer kann es in dieser Stadt, in die sie erst vor vierzehn Tagen gezogen ist und die sie nur aus Studienzeiten kennt, auf sie abgesehen haben? Je mehr sie nachdenkt, desto ratloser wird sie.

Zu Hause rief sie Sandra an, eine der wenigen Bekannten, die nach Thomas' Tod nicht den Kontakt zu ihr abgebrochen hatten. Wie es ihr in G. gehe, wollte Sandra wissen. Ob sie sich schon ein wenig eingelebt habe. Was sie in jenem Verlag, wie hieß er doch gleich, tun müsse. Irgendwann konnte Judith das harmlose Geplänkel nicht mehr fortsetzen. Sie erzählte von der Hutnadel auf ihrem Fahrersitz. Von dem nächtlichen Pochen an der Tür, dem nächtlichen Lichtstrahl durch die Glasscheibe der Wohnungstür. Sie solle all das doch nicht so ernst nehmen, meinte Sandra. Als Kinkerlitzchen abhaken. Es gebe eben boshafte Menschen, denen es Spaß mache, andere zu ärgern. Es sei doch nichts passiert. Sie solle darüber stehen.

Später bereute Judith, das leidige Thema Sandra gegenüber erwähnt zu haben. Was hat sie außer Binsenweisheiten erwarten können? Vielleicht sollte sie in Zukunft alle Irritationen in einem Heft protokollieren. Mit Datum und Uhrzeit. Als Bestätigung, dass sie den ganzen Spuk nicht geträumt hat.

Gegen 21 Uhr rief noch Daniel an. Ob sie sich in G. schon einigermaßen eingelebt habe, wollte auch er wissen. Da er es so genau doch nicht wissen wollte, genügte ihm ihr „So so, la la" völlig. Er büffle von morgens bis abends. Abwechselnd in seiner Studentenbude und der Universitätsbibliothek. Der Termin der Examensklausur stehe seit einer Woche fest. Der 2. Dezember. Ob er auch regelmäßig esse? Ausreichend schlafe? „Ja, Mama. Ich bin doch kein Kind mehr." Daniels Stimme klang gereizt. Jetzt musste sie sich mit ihrer Fürsorglichkeit in Acht nehmen. „Außerdem nimmt mir Luisa den Haushaltskram ab. Einkaufen, Wäsche zum Waschsalon bringen, bügeln." – Luisa, das war seine Freundin. Und sorgende Mama in verjüngter Ausgabe. – „Na dann, mach´s gut. Ich drück´ dir die Daumen."

Das protokollarische Notieren der ominösen Übergriffe gestaltete sich schwierig. Seit Anfang November war sie bei ihren Fahrten durch die Stadt einem Lichthupengewitter ausgesetzt. Manchmal konnte sie Fahrer und Beifahrer schemenhaft erkennen. Mehrere große Männer in dunklen Mänteln. Ein paar untersetzte Grauhaarige in braunen Jacken. Auch eine graugekleidete Frau mit spitzer, konkaver Nase im dünnen Mausgesicht. Sobald Judith den Blick auf sie richtete, grinsten sie abfällig.

Immerhin, und das war die Hauptsache, konnte sie im Verlag wieder ihrer eigentlichen Arbeit nachgehen – lesen, ohne dass sich die Buchstaben verflüchtigten. Sie konnte ´Femistat´ zu Ende lesen. Natürlich – wie vorauszusehen – bekam Richard Enricas Liebschaft mit dem 25-jährigen Silvio mit. Was nicht nur zu fürchterlichen Eifersuchtsszenen, sondern auch zu Richards Selbstmordversuch führte. Aber Enrica war natürlich fraus genug, sich nicht von solchen Männermätzchen erpressen zu lassen. In der Zwischenzeit hatte die RDF-Partei immer mehr Anhängerinnen gefunden, so dass sie als Parteivorsitzende – Lilo war eh nicht an so viel Arbeit und Repräsentation interessiert, sie spielte lieber die graue Eminenz im Hintergrund – bei der anstehenden Bundestagswahl antreten und einen fulminanten Wahlerfolg von 20 % Wählerinnenstimmen erringen konnte. In dieser Position konnte und wollte sie sich nicht mehr mit zweitklassigen Männern wie Richard zufrieden geben. Sie ließ sich also von ihm scheiden. Natürlich zahlte sie ihm einen angemessenen Unterhalt und heiratete binnen Jahresfrist ihren engelsgleichen Silvio.

Das Ziel der Partei, die Bekämpfung und Ausschaltung des Maskulum-Miliz-Terror, zu erreichen war eine Sisyphus-Aufgabe, obgleich die Rundum-Überwachung potentieller Terroristen perfekt funktionierte und eine ganze Reihe von Terroranschlägen dadurch vereitelt wurde. Aber es verhielt sich mit der MMT wie mit der sagenumwobenen Hydra. Sobald ein Kopf abgeschlagen war, wuchsen ihr sogleich zwei nach. Die Bürgerinnen Femistats mussten wohl lernen, mit der latenten Gefahr zu leben und zu akzeptieren, dass es absolute Sicherheit für alle nie geben würde.

Immerhin ein offener Schluss und nicht nur heile Welt, wie es Judith schon befürchtet hatte. Jetzt konnte sie sich an das Layout des Manuskripts machen und mit dem Büro für Kommunikation und Gestaltung Ulrich Mager Kontakt aufnehmen. Als Cover schwebte Anita und ihr das Bild einer schlicht gekleideten, grauhaarigen Frau vor, eingerahmt von zwei bildhübschen, jugendlichen Männern in mondänem Outfit. Im Hintergrund die Skyline von Wolkenkratzern. Mal sehen, was Herr Mager daraus machte.

In der Nacht braut sich das Unwetter draußen zusammen. Fegt mit Riesenbesen die Straßen leer. Poltert. Kracht gegen Türen. Gegen Fensterläden. Gegen Bäume, geparkte Autos. Schlagendes Wetter. Es kann jeden erschlagen, der ihm ausgesetzt ist. Es lässt Funken stieben.

Am Morgen Vogeltrittmuster aus Raureif. Auf Fenster- und Windschutzscheiben. Judith muss die Windschutzscheiben frei kratzen, bevor sie zur Arbeit fährt. Aber ihre Wohnung ist nicht mehr ein beheiztes Campingzelt. Anita hat ihr einen Möbel-Discounter in der Emser Straße empfohlen. Nach der Überweisung ihres ersten Gehalts kaufte sie dort eine Bettcoach. Mit seitlichem Bettkasten. Das Polster ist mit dunkelblauem Stoff bezogen. Mit Flecken besprenkelt, die man mit etwas Fantasie für eine aparte Musterung halten könne. Fand wenigstens der Verkäufer, der beim Sprechen immer die Lippen einsog. Was erwarte sie denn bei dem Schnäppchen-Preis? Und in der Tat konnte sie sich zusätzlich einen etwas abgeschabten Esstisch aus Kiefernholz furniert und vier dazu passende Stühle leisten. Für den Preis von € 100 war alles in ihre Wohnung im zweiten Stock gebracht worden. So hatte sie noch genug Geld im Portemonnaie, um bei Media Markt einen Elektroherd bestellen zu können. Inklusive Lieferung und Anschluss des Geräts.

Nachher wollte sie sich in einem Stehcafé mit einer Tasse Kaffee und einem Stück Kuchen belohnen. Ihr Weg führte an einer Baustelle vorbei. Ein Bauarbeiter mit von Falten durchfurchtem Gesicht musterte sie eingehend, bis sie ihn „Dörrgemüse, Trockenpflaume" sagen hörte. Auf der Toilette des Cafés schaute sie in den Spiegel. Nicht nur flüchtig, wie man jeden Tag in den Spiegel schaut, sondern eingehend. Als inspiziere sie ein fremdes Objekt. Die grauen, halblangen Haare, die Einkerbungen am Hals. Jahresringe. Nächstes Wochenende würde sie zu einem Cut & Go Friseur gehen. Sich die Haare schneiden lassen. Natürlich auch färben. Dunkelblond. Oder dunkelbraun. Mit Föhnen. Oder lieber nicht föhnen, denn Föhnen kostete noch mal € 10.

Ob Judith sie am Freitagabend ins Theater begleiten wolle? Es war Anfang Dezember, als Anita sie mit der Frage überraschte. Dienstags während der Mittagspause. Sie habe eine freie Karte, da eine Freundin schwer erkältet sei. Natürlich sei die Karte wirklich frei. Geschenkt. Was denn gespielt würde, wollte Judith wissen, nachdem sie sich für das Angebot bedankt hatte. – „Ein alter Schinken – 'Pygmalion' von George Bernard Shaw. Wir haben hier in G. nur eine kleine Bühne mit einem traditionellen Repertoire. Auf die große, konservative Schar der Theaterbesucher mit Abonnements muss unser Regisseur eben Rücksicht nehmen." Sie könne es sich ja bis morgen überlegen.

Judith hatte zugesagt, hatte sich am Abend aufgerafft, ihre Bettcoach zu verlassen. Hatte sich ins Schneegestöber gewagt. Hatte Anita und deren beide Freundinnen, Ulla und Tanja, im Foyer getroffen. Um sie herum wogten eng taillierte schwarze Seidenkleider. Auch purpurrote oder azurblaue. Mit und ohne Gefunkel. Aber fast immer tief dekolletiert. Dazwischen als Kontrapunkt oder Ausrufezeichen schwarze, graue, dunkelblaue Anzüge.

Irgendwann öffneten sich die Türen zu den verschiedenen Rängen, die sich, von ihrem Balkonsitz aus gesehen, terrassenförmig aufeinander schichteten. Im Parkett wogten und wallten wieder die schwarzen, purpurroten oder azurblauen

Seidenkleider, bis der Gong erklang, das Licht erlosch und die Bühne sichtbar wurde. Und auf ihr die junge, niedliche Eliza Doolittle und der nicht mehr junge, nur passabel aussehende Professor Higgins. Aber das - Professor Higgins fehlende Jugend und Schönheit - war doch bei dieser Thematik völlig unerheblich. Hier ging es um Klasse, um gesellschaftlichen Rang, der - zumindest im England des ausgehenden neunzehnten Jahrhunderts - Professor Higgins zufolge nur eine Frage des richtigen Akzents war. Was natürlich zu ernsten und komischen Verwicklungen führte. Komisch auch, dass sich Judith gar nicht mehr unbekümmert der Wirkung von so viel Sprach- und Situationskomik überlassen konnte, ohne gleichzeitig eine Rollenumkehrung vorzunehmen. Eine Professorin Higgins, schon angegraut von so viel Weisheit, die sich zu einem hübschen, jungen, aus der Gosse stammenden Blumenverkäufer herabließ. In zu Experimentalzwecken mit nach Hause nahm. Vielleicht hatte sie einfach zu viel ‚Femistat' gelesen...

Später, in der Pause tranken sie Sekt mit Orangensaft. Den Schauspieler, der Professor Higgins spielte, fanden zumindest Ulla und Tanja zu hölzern, zu wenig ruppig und arrogant. Dagegen gefiel Elizas kecker Ton und keckes Näschen umso mehr. Dann ging es natürlich auch um den Pygmalioneffekt. Um den anscheinend unausrottbaren männlichen Drang, sich zum Schöpfer zu stilisieren. Adam, aus dessen Rippe Eva geschnitzt wurde. Zeus, aus dessen Kopf Athene entstiegen war. Prometheus, der ein Geschlecht nach seinem Bilde formen wollte. Offensichtliche Umkehrung des tatsächlichen Geburtsvorgangs. Während des Gesprächs sah Judith wieder die wallenden und wogenden Gewänder. Unterbrochen von schwarzen, grauen und blauen Ausrufungszeichen.

Nach der Aufführung gingen Anita und ihre Freundinnen noch ins nahegelegene Steakhaus. Judith dagegen wollte so schnell wie möglich nach Hause. Vor dem Theater, auf Straßen und Gehwegen und über den geparkten Autos schienen weiße Eisbärfelle ausgerollt, so dass es eine Weile dauerte, bis Judith ihren Wagen erkennen konnte. Während sie mit dem Handbesen schob und kehrte, fielen neue, helle Fasern vom Himmel. Gleich würde sie Heizung und Scheibenwischer einschalten. Sich daheim mit einer Tasse Tee auf die blaue Bettcoach legen, vielleicht noch ein wenig schmökern.

Und dann das. Die Scheibenwischer bewegten sich nicht. Keinen Zentimeter. ADAC anrufen war nicht möglich, weil sie aus Kostengründen schon vor einem Jahr die Mitgliedschaft gekündigt hatte. Und selbst wenn sie noch Mitglied wäre, könnte sie sich jetzt auf eine Wartezeit von einer halben, einer drei viertel Stunde einstellen. Vielleicht würde es in dieser Zeit auch aufhören zu schneien. Immerhin, wenn sie die Heizung laufen ließ, saß sie hier wenigstens im Warmen. Auch wenn sie das fürs Benzin verpulverte Geld wurmte. Irgendwann fand sie ihre Thermosflasche. Mit einem Rest lauwarmen Tee, den sie schlückchenweise trank. Sie schaltete das Autoradio ein. Ein Vortrag über die Philosophie Heideggers. Bloß nicht. Bloß weiterdrehen. Schmissige Jazzmusik – ganz leise natürlich oder doch lieber etwas lieblich Melodisches wie „Vivaldi, die vier Jahreszeiten"? Die Passage des Sommers als Kontrastprogramm zu ihrer unfreiwilligen Gefangenschaft im Schneegehäuse? Ihr war Alles gleichgültig. Sie spürte, wie ihr die Augen zu, der Kopf zur Seite fiel. Als sie aufwachte, hatte es zu schneien aufgehört. Es war gegen ein Uhr, als sie zu Hause ankam.

Wann hatte sie zuletzt in einem Auto geschlafen? Das war mehr als fünfundzwanzig Jahre her, in ihrem ersten Ehejahr. Sie war mit Thomas aufs Geradewohl nach Frankreich gefahren. Im August in die Provence. Die blühenden Lavendelfelder wie auf den Bildern der Impressionisten. Sie hatten geglaubt, immer noch gegen Geld und passables Französisch ein einfaches Zimmer, wenn nicht in einer Auberge[5], dann bei Privatleuten finden zu können. Aber nach zehn, vielleicht auch fünfzehn gescheiterten Versuchen in Èze, in Rousillon, in Gordes... gaben sie es auf und übernachteten in ihrem VW-Käfer. Was sie, klein und dünn, wie sie war, in gerolltem Zustand ganz gut überstand – im Gegensatz zu Thomas mit seinen knapp 1,80 m, der in der Hocke die Nacht verbringen musste.

Gleich zu Anfang der nächsten Woche brachte sie ihren Wagen in eine Autowerkstatt. Laut Untersuchungsbericht waren die Scheibenwischer manipuliert worden.

Steckten jene seltsamen Gestalten dahinter, die sie schemenhaft hinter Windschutzscheiben zu erkennen glaubte? Bei den immer wieder aufflackernden Lichthupengewittern? Wenn dies zutraf, dann wäre immer noch rätselhaft, was jene Typen von ihr wollten. Warum sie es gerade auf sie abgesehen hatten. Oder war alles reiner Zufall? Waren es irgendwelche Rabauken, die ihr Mütchen an Scheibenwischern kühlen wollten? Mangels sinnvoller Freizeitgestaltung? Alles war möglich. Sicher war nur, dass sie aus ihrem eh schon belasteten Budget die nicht unstattliche Rechnung von € 249, 25 zahlen musste.

Im Atlantis Verlag waren noch eine Reihe von Buchbestellungen eingegangen, die bis Mitte Dezember als Pakete oder Päckchen verschickt werden mussten. Ein eigener, wenn auch kleiner, bescheidener Verkaufsstand sollte auf der Leipziger Buchmesse reserviert, mit den Organisatoren finanzielle und logistische Fragen geklärt werden. Immerhin, ´Femistat´ lag als

---

[5] Frz. Gasthaus

Taschenbuch vor – in einer Auflage von 200 Exemplaren. Der Entwurf des Titelbilds war vom Graphiker noch ergänzt worden – durch eine Reihe modelgleicher Männer in Pfauenkostümen, die – perspektivisch verkleinert - hinter der schlichtgekleideten Frau und den beiden Adonissen standen. Ein etwas anderes Gruppenbild mit Dame. Es war, mit einer ISBN-Nummer versehen, überall bestellbar – natürlich bei Atlantis, aber auch bei den Großhändlern LIBRI; KNV etc., in allen Online-Bookshops, aber auch beim Buchhändler um die Ecke und bei den großen Buchhandelsketten. Jetzt fehlten nur noch geeignete PR-Maßnahmen, aber dazu wäre bis zur Leipziger Buchmesse noch Zeit.

Um der nächtlichen Kakophonie[6] zu entgehen, stöpselte sich Judith vor dem Einschlafen die Ohren zu. Nicht mit Wachs, der das Ohrgehäuse verklebte, sondern mit einem weichem Gummipfropfen. Denn nächtliches Klingeln an, Trommeln, Pochen, Hämmern gegen ihre Wohnungstür waren mittlerweile zur Regel geworden. Die Nachbarn, die mit ihr auf demselben Stockwerk wohnten, ein Ehepaar mittleren Alters, hatte Judith nur wenige Male zu Gesicht bekommen – beim Gang zum Briefkasten, zu den Mülleimern vorm Haus. Sie schienen als Störenfriede nicht in Betracht zu kommen. Obwohl man nie wissen konnte.

Judiths Herd war schon Anfang des Monats geliefert und angeschlossen worden. Sie selbst hatte vom Möbel-Discounter einen Couchtisch und zwei Korbsessel herangeschafft. Auch einen zusammenfaltbaren Velourteppich. Tiefrot mit dunklen

---

[6] harte, unangenehme Klänge

Blumenmustern. Mit ein paar Tannenzweigen und Kerzen geschmückt würde ihre Wohnung gemütlich aussehen, wenn Daniel sie an Weihnachten besuchte.

Schon seit eineinhalb Stunden schmorte die mit Salz und Pfeffer bestreute Gans im Backofen. In ihrem Inneren schmorte eine saftige Fleischfüllung aus Schweinehack, Eiern, Zwiebeln und geriebenen alten Brötchen. Judith hatte bei ihrem Umzug nicht nur den Bräter, sondern auch das Villeroy und Boch Porzellan nach G. transportiert. Natürlich auch Weinkaraffe, Wein- und Sektgläser. Ein Flasche Chardonnay stand zum Kühlen auf dem Balkon, da es zu einem Kühlschrank dann doch nicht mehr gereicht hatte. Die Kartoffelklöße waren geformt. Sie würde sie nach Thomas Ankunft in das siedende Wasser geben. Das Rotkraut mit Apfelscheiben, Zwiebeln und Koriander hatte sie schon gestern gekocht, an Heiligabend einen Teil zum Kartoffelpüree für sich abgezweigt. Der Gänsebratenduft waberte durch die kleine Wohnung, hatte sich in ihren Haaren, ihren Poren festgesetzt. Sie durfte jetzt keine Zeit verlieren. Sich schnell hinters Steuer setzen. Um 10.58 kam Daniels EC auf Bahnsteig 7 an.

Ein wenig bleich im Gesicht war er, als er aus dem Zug ausstieg. Im zarten Gesicht mit den langen, geschwungenen Wimpern, das im Gegensatz zu seinem kräftigen Körperbau stand. Wie ein Teddybär ließ er sich umarmen, lächelte, sagte „Hallo Mama, schön, dich wieder zu sehen. Doch, es geht mir gut, Mama. Die Examensklausur war nicht allzu schwierig. Doch, ich habe ein ganz gutes Gefühl, Mama." Und noch einige ähnlich belanglose Sätzchen.

„Hübsch hast du es hier, Mama", sagt er auch, als er in Judiths Wohnung steht. Seinen Trenchcoat hat er schon ausgezogen, den Rucksack in eine Ecke gestellt. „Alle Achtung, Mama. Dass du das mit deinen fünfundfünfzig noch geschafft hast. Gewissermaßen neu durchzustarten." Er hat sich in einen der Korbsessel gesetzt und schaut ihr zu, wie sie am Herd hantiert, die Kartoffelklöße in das kochende Wasser bugsiert, ein paar Esslöffel Wasser in den Topf mit Rotkohl, Apfelschnitzen und Zwiebelscheiben gibt. Den Backofen hat sie schon abgeschaltet, der Bräter muss noch eine Viertelstunde in der Bratröhre bleiben. Daniel bläht die Nasenflügel, saugt den Bratenduft ein. „Du kannst schon mal die Chardonnay Flasche öffnen, sie liegt in der Holzkiste auf dem Balkon, "sagt sie und wundert sich, wie er in zwei Sekunden den Korken aus dem Flaschenhals dreht. Anscheinend macht ihn die Untätigkeit nervös. Er geht auf und ab, stöbert in ihren Büchern, die unsortiert auf dem Couchtisch liegen. Er nimmt ´Femistat´ in die Hand, setzt sich wieder und beginnt zu blättern, während Judith den Rotkohl umrührt, probiert, ob er gar ist, den Bräter öffnet, mit der Gabel in das gebräunte Fleisch sticht. Es schmeckt zart und knusprig. Nur noch die Gans zerlegen, die Kartoffelklöße aus dem Wasser fischen. Ihr läuft das Wasser im Mund zusammen, als sie „das Essen ist fertig" ruft. Aber Daniel lächelt nicht. Finster zieht er die Augenbrauen zusammen. „Solch ein Feministenscheiß," sagt er . „Als ob die Weiber nicht schon längst gleichberechtigt wären. Im Gegenteil, überall müssen sie sich vordrängen. Wenn ich mich demnächst um eine Stelle als Ingenieur bewerbe, werden mir Kommilitoninnen mit schlechteren Examina per Frauenquote die besten Posten wegschnappen." – Jetzt übertreib´ mal nicht, es gibt doch weit weniger Ingenieurstudentinnen als Studenten." – „Was können wir Männer dafür, dass ihr Weiber technisch weniger begabt seid?"

– Daniel ist blass geworden. Er ist dabei, sich in Rage zu reden. Jetzt ihn bloß nicht noch weiter erzürnen, sonst ist Weihnachten im Eimer, denkt Judith, während sie das Essen auftischt. Die Gläser randvoll mit Chardonnay füllt. „Komm, lassen wir das Thema. Lass es dir schmecken, bevor es kalt ist. Auf angenehme Weihnachten und auf ein gutes Examen." Sie hebt das Glas und wartet, bis Daniel mürrisch mit ihr anstößt. Immerhin bessert sich seine Laune, je mehr er isst und trinkt.

Nach dem Austausch der Weihnachtsgeschenke, ein Norweger Pulli für Daniel, für Judith eine Garderobenleiste, die Daniel direkt neben der Wohnungstür anbrachte, schlenderten sie in die Altstadt. Sie redeten wenig, sie lauschten auf das Knirschen ihrer Schuhe im Schnee und sahen ihrem Atem zu, der in der frostigen Luft durchsichtige Blasen bildete. Der Abend war ausgefüllt mit Daniels Geschichten vom Campus in B. und Judiths selektiven Berichten über ihre Tätigkeit bei Atlantis. Am zweiten Weihnachtsfeiertag fuhren sie mit Judiths klapprigem Golf ins hügelige Umland. Kehrten in einem Bauerncafé ein. Aßen nicht nur vom selbstgebackenen Kuchen, sondern auch deftige Hausmannskost. Grünkohl mit Bregenwurst. Bis Judith ihren Sohn frühmorgens am nächsten Tag zum Bahnhof brachte, vermieden es beide, das Thema ‚Femistat' noch einmal zu erwähnen.

Kurz nach der Theateraufführung hatte Anita für Judith eine Karte für die Silvester-Party im Cinemaxx besorgt. Dieses Mal nicht gratis, Judith musste € 90 berappen. Aber sie hatte in den letzten beiden Monaten ihr Konto eh überziehen müssen. Und sie war entschlossen, nicht länger das Leben eines Maulwurfs zu führen.

Im Foyer des riesigen Glasgebäudes standen junge Männer in Smoking, die jeden Gast mit einem Fruchtcocktail begrüßten. Jedenfalls sah die grünliche Flüssigkeit im langstieligen Sektglas so aus. Sie schmeckte auch so, bis Judith das halbe Glas geleert hatte. Bis sie auf wackligen Beinen die nächste Sitzgelegenheit suchen und sich Anitas Erläuterung zu Alcopops anhören musste. Wenigstens waren auch Büfetts mit diversen Delikatessen aufgebaut, so dass Judith nachträglich versuchen konnte, die abrupte Alkoholzufuhr durch Nahrungsaufnahme zu neutralisieren. Immer mehr junges und älteres Volk strömte in glitzernder Aufmachung ins Kino. Dazu tönte aus allen Kinoräumen schrille Instrumentalmusik, Discoteck, vom guten alten Jazzsound ganz zu schweigen. Anita, Tanja, Ulla und Sonja hatten ein Eckchen mit Tisch und Stühlen ausfindig gemacht, in dem trotz konstanter Beschallung Unterhaltung möglich war. Zumindest, wenn man mit schriller Stimme sprach.

Wie es um den Prozess stehe, fragt Tanja Anita. Um welchen Prozess? Ist Anita in einen Prozess verwickelt? Als Klägerin? Als Beklagte? Wortfetzen dringen zu Judith. „Anonyme Anrufe...Alte Schlumpe...seit Monaten. ..Telefon polizeilich überwacht...zwei Jugendliche geschnappt....verweigern jede Aussage....ob Clique dahinter steckt?"

Judith ist näher an Anitas Stuhl herangerückt. Sie erzählt, sie schreit. Von den nicht endenden Belästigungen, denen sie seit ihrer Übersiedlung nach G. ausgesetzt sei. Ob das schon Stalking sei? Ob es einen Zusammenhang zwischen den anonymen Anrufen und jenen Belästigungen gebe?

Ihre Ratlosigkeit. Zähflüssig wie Sirup verklebt er ihre Kehlen. Aber sie brauchen nicht zu reden. Sie können hören. Die schmissigen Rhythmen. Sie können sehen. Die wogenden Menschenleiber. Die Fontänen aus violettem, silbrigem, rotem Gefunkel.

Zwei Minuten vor Mitternacht wird es still. Judith, Anita, Tanja, Ulla und Sonja füllen ihre Sektgläser, die ersten Böllerschüsse krachen. Dann zischt und tost es, die bizarrsten Formen und Figuren sind durch die Glasscheiben sichtbar. „Prosit Neujahr. " Sie prosten sich zu, mit ineinander verwinkelten Armen.

Daniel erfuhr Ende Februar, dass er das schriftliche Examen bestanden hatte und zum Mündlichen Ende Mai zugelassen war. Ende Februar wurden auch die beiden jugendlichen Delinquenten der anonymen Anrufe überführt und zu 40 bzw. 80 Stunden gemeinnütziger Arbeit verurteilt. Anita misstraute allerdings dem nun eingetretenen Frieden.

Seit Daniels Anwesenheit an Weihnachten gab es kaum noch nächtliches Klingeln. Kaum noch Pochen oder Hämmern an der Tür. Kaum noch konzertiertes Lichthupen. Keine spitzen Gegenstände auf ihrem Fahrersitz. Keine manipulierten Scheibenwischer. Keine Versuche, sie anzufahren.

Am 11. März fuhren Anita und Judith Richtung Leipzig. Ihre Wagen waren vollgeladen mit Klapptischen und Stuhlen, vor allem mit Büchern, darunter fünfzig Exemplaren von ´Femistat´ sowie einer Reihe von passenden Flyern und Werbeplakaten. Sie steuerten eine Pension am Stadtrand von Leipzig an. Hier wollten sie übernachten, um am 12. März, einem Freitag, gleich frühmorgens zum Messegelände zu fahren. Bei Fairnet hatten sie einen Kleinstand, der in Halle 5 aufgebaut werden sollte, für diesen Tag bestellt.

Judith hat mehrfach mit der Autorin telefoniert, sie zur Teilnahme an einer Lesung in Halle 5 am Autoren-Gemeinschaftsstand mit Leseinsel überreden können. Sie hat die Lesung für 14 Uhr angemeldet – eine günstige Zeit, wie sie findet, nicht gerade Mittagszeit, nicht am Vormittag, an dem manche Besucher, vielleicht auch die Autorin, erst ankommen. Sie weiß nicht, wie sie sich die Autorin vorstellen soll. Sie kennt nur ihre Stimme, die am Telefon nasal, vornehm und nicht besonders sympathisch klang.

Judiths Traum in der Nacht vom 11. auf den 12. März. Sie irrt durch einen Dschungel aus wuchernden Grünpflanzen, die in rasantem Tempo wachsen. Sie schlingen sich um Judiths Arme und Beine, halten sie im Klammergriff fest. Durch das dichte Blätterwerk irrlichtert das Aufblitzen von Lichthupen, der grelle Strahl einer Taschenlampe. Sie lassen in der Dunkelheit Gesichter aufblitzen. Hämisch grinsende Gesichter, feindselig starrende Gesichter mit abfällig herabgezogenen Mundwinkeln. Ein Gewitter aus leisen und lauten, schrillen und dumpfen Klingeltönen entlädt sich über ihr, bis sie erwacht.

Am 12. März, pünktlich um zehn Uhr, war der Kleinstand des Atlantis-Verlags komplett aufgebaut und mit Tischchen, Stühlchen und Büchern eingerichtet. Anita und Judith hatten sich zuvor mit genügend Proviant eingedeckt, so dass das endlose Schlangenstehen vor den Imbissständen entfiel. Bis ein Uhr war eine Reihe von Besuchern an ihrem Stand stehengeblieben, hatten auch dies oder das gefragt, dieses oder jenes Buch in die Hand genommen, aber nur wenige Exemplare gekauft. Von

'Femistat' kein einziges. Zwei befreundete Buchhändlerinnen aus G. hatten sich ein Weilchen zu ihnen gesetzt, mit ihnen geplaudert. Sie würden, so hatten sie wenigstens versprochen, bei der 'Femistat'-Lesung anwesend sein.

Carola Camenz sollte gegen 13 Uhr zum Atlantis-Stand kommen. So hatten sie es wenigstens vereinbart. Wenn etwas dazwischen käme, solle sie sich per Handy melden. Um 13. 40 war die Autorin immer noch nicht aufgetaucht. Um 13.50 stand sie dann da. Mit tizianroten, schulterlangen Locken, modelgleicher Figur, mit übergroßen graugrünen Augen, einer fein ziselierten Nase und einem üppigen, weitgeschwungen Mund, der in tiefem Rot leuchtete.

Sie war natürlich diejenige, die auf der Leseinsel alle Blicke auf sich zog und sogleich zum Vorlesen aufs Podium gebeten wurde. Anita und Judith mussten sich beeilen, dreißig Exemplare von 'Femistat' herbeizuschleppen, während sich immer mehr Zuhörer einfanden, vorwiegend Männer, die bald lachten, bald sich durch Zwischenrufe wie „Das kann doch nicht Ihr Ernst sein – auch nicht als Satire" u.ä. hervortaten. Aber sie blieben sitzen. Am Ende der Lesung drängten sie sich nach vorn, sie wollten die Autorin persönlich sprechen, ihr ganz nah sein. Und sie kauften alle dreißig Exemplare. Diejenigen, die leer ausgegangen waren, ließen sich von Anita genau den Standort des Atlantis-Standes beschreiben.

Währenddessen waren auch Vertreter der Presse auf der Leseinsel erschienen. Sie rissen sich um Interviews mit der Autorin von ‚Femistat', der Entdeckung auf der Leipziger Buchmesse.

Gegen 18 Uhr waren nicht nur alle 'Femistat'- Bücher verkauft. Es lagen bereits 5000 Bestellungen direkt beim Verlag vor. Judith und Anita wollten Carola Camenz nach Lesung und Medienrummel noch sprechen, ihr danken, überglücklich, wie sie über das unerwartete Echo waren. Aber diese war bereits ohne Abschied verschwunden.

Sie waren erst am Samstagmittag zurück nach G. gefahren, nachdem sie noch einmal in ihrer bescheidenen Herberge übernachtet hatten. Sie hatten am 12.3. bis 21 Uhr auf der Messe ausgeharrt, da für diesen Zeitpunkt der Abbau und Abtransport ihres Kleinstands vereinbart war. Natürlich saßen oder standen sie nicht den ganzen Abend auf ihren wenigen Quadratmetern, einmal ließ sich Judith, dann Anita vom Menschenstrom durch die unzähligen Gänge in die verschiedenen Hallen treiben. Zum Marktplatz Druckgrafik, zur Buchwerkstatt, zum Lese-Café Buchkunst & Grafik, zum Blauen Sofa, zur Comic Leseecke... Irgendwann auch zu einem der Imbissstände. Trotz der Menschenschlangen, die nie dünner wurden.

In den nächsten Wochen erschienen wohlwollende bis begeisterte Rezensionen, aber auch Verrisse von ′Femistat′. Interviews mit der Autorin wurden im Spiegel, im Focus, in der taz abgedruckt, nicht ohne auf die blende Erscheinung Carola Camenz einzugehen, weshalb der feministische Tenor ihres Buches doch sehr erstaune. Über den giftigen Männerhass, der sich in jeder Zeile dieses Machwerks entlade, konnte sich ein Herr Dröger im Feuillton der FAZ nicht genug echauffieren. Ein anderer Herr schlug in ′Die Zeit′ ähnliche Töne an, während eine Frau Wender in der „Süddeutschen" die Meinung vertrat, das Buch werfe die Frauenbewegung und, schlimmer noch, die Errungenschaften der Frauenemanzipation um Jahre, wenn nicht Jahrzehnte zurück, weil es die noch vorhandenen Gräben zwischen den Geschlechtern vertiefe, anstatt sie zu überbrücken.

Anita konnte sich jedenfalls vor Bestellungen kaum retten. Die 200 Exemplare der ersten Auflage waren in zwei Tagen vergriffen, so dass sie bereits Mitte März eine Neuauflage von 20000 Exemplaren in Auftrag gab. Judith war nur noch mit Buchsendungen einpacken und Rechnungen drucken beschäftigt. Oft kam sie vor 23 Uhr nicht nach Hause. Mit Anita arbeitete sie auch an den Wochenenden. Wegen des reißenden Absatzes wurde 'Femistat' Mitte Mai zum dritten Mal verlegt, dieses Mal in einer Auflage von 500000 Exemplaren. Einen Monat später war die Flut der Bestellungen und der begleitende Geldregen immer noch nicht versiegt. Das Verpacken und Verschicken der Buchsendungen wurde längst von professionellen Packern übernommen.

Anita spielte mit dem Gedanken, ein Mehrfamilienhaus mit Lager- und Verlagsraum im Parterre zu kaufen, wenn auch augenblicklich kaum Zeit für gezielte Immobiliensuche blieb. Anitas befristeter Vertrag wurde in einen unbefristeten umgewandelt, der eine zehnprozentige Gehaltserhöhung vorsah.

Ende Mai hatte Daniel sein Examen bestanden. Nicht nur irgendwie, sondern mit Prädikat. Nur zu dumm, dass seine Freundin, die treusorgende, ihm fast zeitgleich verriet, sie sei schwanger. Am Telefon tobte Daniel. Das sei doch eine ganz miese Falle. Gäbe es nicht schon seit Jahren, Jahrzehnten die Pille. Seine Freundin habe nur den ältesten Trick der Weltgeschichte gebraucht, um ihn festzunageln.- Auch Judiths Einwand, er sei doch wohl zu fünfzig Prozent an der Schwangerschaft beteiligt, trug nicht zu seiner Beruhigung bei.

Zwei Nächte später war es wieder da. Das Klopfen, Hämmern, Pochen und Klingeln an Judiths Wohnungs- und Haustür. Tags darauf bei der Fahrt von und zum Verlag das schon vergessen geglaubte Lichthupengewitter.

Fünf Tage später rief Anita gegen 2.00 Uhr an. Sie japste. Schrie. In den Verlagsräumen brenne es. Sie habe schon Feuerwehr und Polizei alarmiert. Aber wer wisse, wann die kämen. Sie säße im ersten Stock in der Falle. Sie habe keinen Feuerlöscher. „ Der Rauch ... über das Treppenhaus... ins erste Stockwerk." - „Schnell, wirf eine Matratze über den Balkon. Und spring hinterher. So hoch ist das nicht. Ich bin gleich da", ruft Judith, bevor sie auflegt, einen Mantel über den Pyjama wirft. Die Schuhe anzieht. Den Auto- und Türschlüssel einsteckt. Auf der rasanten Fahrt zur Konradstraße hört sie die Sirenen des Feuerwehrautos, des Rettungswagens, sieht das Blaulicht des Polizeiwagens. Sanitäter, Feuerwehr und Polizei sind schon vor Ort, als Judith den Atlantis-Verlag erreicht. Eine Matratze kann sie nirgends sehen, aber Anita, die auf einer Trage in den Rettungswagen geschoben wird. Seine Türen sind schon geschlossen, als Judith heranhastet. Ihr Rufen bleibt unbemerkt. Wenige Sekunden später setzt sich der Wagen in Bewegung.

Vor dem Haus werden Wasserschläuche ausgefahren. Mit Atemschutzmasken tasten sich Feuerwehrmänner vor. Sie spritzen Unmengen Wasser auf die Brandherde. Die Polizisten, begleitet von Judith, gehen nach Löschung des Brandes an die Spurensicherung. Von ihnen erfährt sie, in welches Krankenhaus Anita gebracht wurde.

Das gesamte Erdgeschoss ist verwüstet, das Mobiliar, die Computer ebenso wie Unterlagen, Buchbände, wenigstens keine Exemplare von ´Femistat´, für deren Lagerung in der Konradstraße 2 schon lange kein Platz vorhanden war. Judith hat alle wichtigen Dateien auf USB-Sticks, die sie in ihrer Handtasche aufbewahrt, gespeichert.

Die für den 5. Juni zusammen mit Anja, Ulla und Sonja gebuchte Busreise an die amalfitanische Küste können sie sich an den Hut stecken. Wenigstens Anita und Judith, die jetzt für Anita einspringen muss, bis deren gebrochenes Bein zusammengewachsen ist. Judith muss nicht nur die Verlagsarbeit am Laufen halten, sondern das Erdgeschoss, Flur und Treppenhaus der Konradstraße 2 notdürftig renovieren lassen. Und dann ist da auch noch Daniel. Und Daniels schwangere Freundin. Er entfaltet eine große Betriebsamkeit bei der Suche nach einer geeigneten Stelle, die schon Anfang August von Erfolg gekrönt ist, denn zu diesem Zeitpunkt kann er einen gut dotierten Posten bei Siemens antreten. Zu diesem Zeitpunkt hat sich Luisa von ihm getrennt. Sie hat das Kind abtreiben lassen. Hat ihre Stelle als Apothekenhelferin gekündigt, sich für das nächste Schuljahr bei dem Hansa-Kolleg angemeldet. Sie wird ihr Abitur nachmachen, dann studieren. Sie will, so hat sie Daniel gesagt, nicht länger Steigbügelhalterin seiner Karriere sein. Sie will auch nicht dann Kinder bekommen, wenn Daniel sein Placet gibt. Sie will auch nicht zu den armen, alleinerziehenden Müttern gehören, die von staatlichen Almosen abhängig sind. Und gleichzeitig ein Kind bekommen, aufziehen, Ausbildung und Studium absolvieren, übersteige ihre Kräfte. Judith kann ihr diese Entscheidung nicht verdenken. Im Gegenteil, sie bewundert Luisas Konsequenz und unterlässt es, Daniel zu bemitleiden.

Ende September. Die polizeilichen Ermittlungen wegen der Brandursache haben Brandstiftung ergeben, von den Tätern fehlt jede Spur. Anita ist wieder auf den Beinen. Sie hat den Kaufvertrag für ein vor zehn Jahren errichtetes Mietshaus mit 12 Wohnungen, das in einer gepflegten Wohngegend G.s liegt, unterschrieben. Anfang November werden Anita, Anja, Ulla und Sonja je eine separate Wohnung beziehen. Die anderen sollen vermietet werden. Anita hat Judith eine 70 qm große ETW im ersten Stock angeboten. Zu ermäßigtem Sondertarif. Aber Judith zögert. Sie schätzt ihre Freundinnen, aber sie schätzt auch ihre Privatheit, ihre Rückzugsmöglichkeit. Trotz Klopfen, Hämmern, Klingeln, Pochen. Trotz Lichthupengewitter.

Anita hat zusätzlich ein Verlagsgebäude gemietet. Mit einem großen Lagerraum, Foyer und vier mittelgroßen Büroräumen. Zentral in der Innenstadt gelegen, weit weg von der Konradstraße.

Nach einem beschwingten Nachmittag in Anitas großer, heller und halbwegs eingerichteter Wohnung verabschiedet sich Judith gegen 18 Uhr. Wegen des Parkplatzmangels direkt vor dem Haus hat sie ihren Wagen weiter entfernt geparkt. Der kleine Spaziergang dorthin wird ihr gut tun, denkt sie, als sie durch eine von Buschwerk und Bäumen eingerahmte Grünanlage geht. Leute kommen ihr entgegen. Kennt sie deren Gesichter? Wenigstens einige? Von den vielen Lichthupengewittern? Einer aus der Gruppe führt einen Rottweiler an der Leine. Sobald er zehn Schritte von Judith entfernt ist, lässt er den Hund von der Leine, der sich unter Gekläff auf Judith stürzt. Sie schreit panisch, was den Köter momentan erschreckt, dem Hundehalter und seinen Begleitern jedoch nur ein Grinsen abnötigt. Wieder macht das Tier einen Satz auf Judith zu, schnappt nach ihrem Mantel, nach ihrem Hosenbein. Glücklicherweise trägt sie eine Jeanshose, so dass sie die Hundezähne nicht spürt. Wieder schreit sie und versucht, das Tier mit ihrem Stockschirm abzuwehren. Passanten in der Nähe des Parkplatzes haben ihr Geschrei gehört. Sie schauen in ihre Richtung. Als jener Mann sich nicht mehr unbeobachtet fühlt, ruft er seinen Rottweiler zurück. Leint ihn an. Schlendert mit seiner Clique weiter. Judith ruft ihnen nach, sie wolle Anzeige erstatten, aber sie sieht nur – jetzt schon in einiger Entfernung - deren gleichgültige Gesichter.

Im Auto stellt sie fest, dass der Hund ein Loch in ihr rechtes Hosenbein gerissen und den Mantel beschmutzt hat. Die Passanten, die als mögliche Zeugen hätten aussagen können, sind längst verschwunden. Sie schaltet das Autoradio ein. Sie muss zur Ruhe kommen, Sie muss abwarten, bis ihre Hände nicht mehr zittern, bevor sie losfahren kann.

Soll sie doch Anitas Angebot annehmen und in deren Haus einziehen? Vielleicht böte die engere räumliche Gemeinschaft Schutz vor solchen und ähnlichen Attacken. Aber vielleicht auch nicht. Und wenn sie dort einzöge, müsste sie ihr Für-sich-Sein aufgeben. Das „Nur-Für-Sich-Da-Sein".

Oder sie muss sich darauf einstellen, in einer latent feindseligen Umgebung zu leben. Zu überleben.

Freundinnen

Die Söhne kamen gegen zwölf Uhr. Fesche junge Männer, der eine arbeitete an seiner Promotion in BWL, der andere, Ende zwanzig, war bereits leitender Angestellter eines großen Unternehmens in der IT Branche. Sie wollte die beiden umarmen, ihre wohlgeratenen Söhne, aber es schob sich Etwas zwischen sie.
Ihre Arme, schon angewinkelt, hängen schlaff herunter. Warum der Tisch nicht gedeckt sei, will der Jüngere wissen. Es sei doch Essenszeit. Die Mama habe doch gewusst, wann beide nach Hause kämen. Die vorwurfsvolle Stimme, die vollen, geschwungenen Lippen vorwurfsvoll vorgestülpt. Beide werfen ihr etwas vor die Füße, eine Schuld aus Blei, die sie niederdrücken soll. Sie soll in die Knie gehen, vor ihren Söhnen in die Knie, sich vor deren Füße knien, sie ist keine gute Mutter, wenn am 24. 12. nicht der Tisch für die heimkehrenden Söhne gedeckt ist. Für die Söhne, die ins Mutterhaus zurückkehren, an Heilig Abend...
Aber sie wirft den Vorwurf zurück, den strammen Söhnen vor die Füße.
Sie sollten sich ihr Weihnachtsessen selbst zubereiten, der Kühlschrank sei prall gefüllt, auch das Tiefkühlfach: paniertes Schollenfilet, Flammkuchen, Krabbensalat, Wildschweinbraten in Rotweinsoße, dazu Prinzessbohnen, Kartoffelkroketten oder Salzkartoffeln oder Wildreis. Nur sollten sie bitte keine Bedienung erwarten, die Zeiten der mütterlichen Fürsorge seien vorbei. Aber die Jungen sagen nichts, ziehen sich in vorwurfsvolles Schweigen zurück. Es hängt unsichtbar und doch greifbar im Wohnzimmer, im Flur, in der Küche, im Treppenhaus. Es wird sich bald an ihre Schultern hängen, wenn sie sich nicht vor ihm in Sicherheit bringt. Sie fahre jetzt zu Dieter, ruft sie über

die Schulter ihren Söhnen zu. Sie komme erst Ende der Weihnachtsferien zurück.
Endlich hat sie sich in ihr Schlafzimmer gerettet. Hat die Tür hinter sich geschlossen. Warum erwarten alle alles Mögliche von ihr? Warum muss sie sich gegenüber allen möglichen Ansprüchen verwahren? Die der Söhne, die Susannes? Gut, dass sie schon vorgestern Susanne am Telefon abgewimmelt hat. Anscheinend bildete die sich wirklich ein, dass sie, Vanessa, den Besuch bei Dieter wegen ihr unterbrechen würde. So vorwurfsvoll wie deren Stimme klang. Sie hätten sich doch immer zwischen Weihnachten und Neujahr getroffen. Da müsste sie wirklich so unbedarft, so naiv wie ihre liebe Freundin sein, um sich einen glänzenden Fisch wie Dieter entgleiten zu lassen. Aber so war Susanne immer gewesen. Schon damals während des Studiums in F. Gut, sie konnte abstrakter denken. Messerschärfer formulieren. Das war ihr bei der gemeinsamen Vorbereitung für Valenzgrammatik aufgefallen. Sie hatte gleich daran gedacht, diese Qualitäten zu nutzen. Was in der Tat nicht schwer war, denn Susanne war mit freundlichen Worten, herzlichem Lächeln, mit ein wenig Schmeichelei gewürzt, leicht um den Finger zu wickeln. Was sich beim Schreiben der Zulassungsarbeit dann auch auszahlte. Aber Susanne war damals ja auch ein reichlich seltsames, verhuschtes Wesen. In grauen, blauen und braunen Röcken aus bestem Tweed, mit Pullis und Jacken von einer ähnlichen Farbe sah sie aus, als sei sie aus einem anderen Zeitalter heraus- und die siebziger Jahre des zwanzigsten Jahrhunderts hinein gefallen. Sie hatte natürlich auch keinen Freund. Zumindest nicht bis kurz vor dem Examen. Dass sie dann diesen Doktoranden noch an Land zog. Vanessa konnte es kaum fassen. Vor allem, wie sie ihn an Land gezogen hatte, konnte sich Vanessa selbst heute nicht richtig vorstellen. Vielleicht über eine Heirats-Annonce? Susanne hatte ihr wohl eine reichlich unglaubwürdige Geschichte aufgetischt. Irgendetwas von Begegnung an den Fotokopierern der Uni-Bibliothek, aber das hatte sie ihr nie abgenommen. Obgleich, das

musste sie zugeben, Susanne, wenn man ihre obsolete Aufmachung abstrahierte, ganz reizvoll aussehen konnte – mit ihren vollen, kastanienbraunen Haaren, ihren dunkelbraunen Knopfaugen. Auch heute könnte sie noch ganz apart aussehen, wenn sie zwischendurch mal 'Brigitte' läse, nicht nur die Emanzen-Postille 'Emma'. Mal zu einer Stilberaterin ginge.
Vanessa weiß, dass sie noch immer blendend aussieht. „Fesch siehst du aus", sagt ihr Dieter jedes Mal, wenn sie sich in roten oder schwarzen Spitzendessous vor ihm auf dem Doppelbett drapiert, damit er sie entblättern kann: Prall ist sie wie eine reife Frucht, aber nicht überreif. Ihr Hals, ihre Brüste sind immer noch straff gespannt, ihre Gesichtshaut faltenfrei. Fast wenigstens. Nur ihre Schlupflider sind ein Makel in ihrer Makellosigkeit. Sie wird sie in nicht allzu langer Zeit korrigieren lassen. Damit ihr die Liebesleidenschaft für und von Dieter nicht wegen Schlupflidern entschlüpft.
Sie öffnet ihren Kleiderschrank. Was soll sie anziehen? Das kleine Schwarze mit dem schräggeschnittenen Rock? Oder doch das alabasterfarbene aus Brokat mit den Pailletten, die in der Sonne silbrig funkeln?
Nachdem sie zwei große Koffer mit Hosen, Hosenanzügen, Kleidern, Blusen, Pullovern, Blazern, mit Dessous und hauchdünnen Nachthemden gepackt hat, eilt sie die Treppe hinunter zur Haustüre. Sie ruft nochmals den Söhnen, den nun unsichtbaren und unhörbaren, über die Schulter zu. Sie fahre jetzt zu Dieter. Sie komme erst Ende der Weihnachtsferien zurück.

2. Kapitel

Am 22. 12. bin ich in H. abgefahren. Meine Nachbarin hat mir noch gesagt, ich solle gut auf mich aufpassen. Natürlich, auf wen sollte ich aufpassen, wenn nicht auf mich? Meiner Nachbarin habe ich gesagt, dass ich Weihnachten in Baden-Baden verbringen werde. Dort hätte ich nämlich eine Ferienwohnung. Ich weiß, das klingt angeberisch, aber hin und wieder drängt es mich, Frau G. gegenüber aufzutrumpfen. Nicht nur ihr gegenüber, denn was ich Frau G. erzähle, wissen in wenigen Minuten alle Hausbewohner.

Ich habe ihr auch gesagt, dass Vanessa mich dort besuchen wird. Vanessa ist meine langjährige Freundin, die mich schon mehrmals in H. besucht hat. Deshalb ist sie nicht nur Frau G. bekannt. Auf diese Weise hoffe ich, späteren mitleidigen Fragen oder den üblichen Prahlereien aus dem Weg zu gehen. Nach dem Muster: „Sie Ärmste, waren Sie Weihnachten ganz alleine? In einem Hotel in Baden-Baden?" Oder „Wir haben Weihnachten mit Schwiegersohn und Tochter und Enkeln am Timmendorfer Strand verbracht. Im Hotel Excelsior. Es war einfach grandios." Vanessa wohnt in K. dreißig Kilometer von Baden-Baden entfernt. Schon seit 35 Jahren. Vorher, am Ende der Studienzeit, hat sie noch geheiratet – nicht weil sie, wie man damals noch sagte, heiraten musste, sondern gewissermaßen als Krönung ihres Prädikatsexamens. Kaum zwei Jahre später war das Ehe-Krönchen schon perdu – beim Hinauswurf aus der ehelichen Wohnung war es ihr vom Kopf gerutscht. Sie selbst steuerte mit vollen Segeln den nächsten Ehehafen an.

Ich selbst wohnte damals noch in O. , nicht weit von K. entfernt. Auch verheiratet, aber auch diese Ehe hielt nicht lange, gerade mal drei Jahre. In diesen und in den späteren Jahren ist der Kontakt zwischen Vanessa und mir nie abgebrochen. Wir telefonierten nicht nur stundenlang, wir trafen uns auch – zumindest zweimal im Jahr, auch dann noch, als ich bald nach meiner Scheidung eine Stelle als Presselektorin in H. fand.

Vanessa war in der Zwischenzeit erst zur Studienrätin, dann zur Oberstudienrätin, vor fünf Jahren zur Studiendirektorin avanciert.

> Wir werden uns entweder in K. oder in meiner Ferienwohnung treffen – irgendwann zwischen den Feiertagen und dem Jahresende. Das haben wir all die Jahre über so gehalten. Als meine Eltern noch lebten, kam Vanessa zu uns nach G., einer Kleinstadt im Südschwarzwald. Dass ich sie nicht in K. besuchen könne, begründete sie mit ihren permanenten Ehekrisen.

Mein Stellplatz vor der Wohnanlage, in der sich meine Ferienwohnung befindet, ist nicht von SUV-Wagen umzingelt, so dass ich meinen Polo problemlos abstellen und Rucksack, Trolley und Reisetasche auspacken kann. Im Treppenhaus begegne ich einer Mitbewohnerin, die ihren Mops an der Leine führt. Sie stellt fest, dass ich mich mal wieder in Baden-Baden aufhalte, und wünscht mir frohe Weihnachten. Was ich ihr ebenfalls wünsche.

Wogen von Licht schwappen in meine Wohnung, sie fluten über den grauweißen Kachelboden, besprühen die weißen Tapeten. Sie dehnen den Raum, – hoch, tief und breit verschieben sich seine Dimensionen, lassen die weiße Hochglanz-Einbauküche im Hintergrund zusammenschrumpfen. Der längliche Glastisch, die grauen Chromstühle und das Sofa aus grauem Nappaleder gleiten auf den Lichtwellen.

Im Kühlschrank finde ich nur eine Flasche Freixenet Carta Nevada. In einem der Hängeschränke noch eine Packung Käsestangen. Die perlende Flüssigkeit ins Glas, dann in die Kehle schäumen lassen. Dazwischen blättern die knusprigen Stangen auf meine Zunge. Meine Siebensachen muss ich noch auspacken. Pyjamas, Schlüpfer, Unterhemden, Schuhe, Sportschuhe in einer undefinierbaren grünlich-beigen Farbe , Pumps, schwarz und silbergrau. Hosen, Cordhosen, Tuchhosen, Pullis, anthrazitfarben, weinrot, marineblau, cremeweiß, mit und ohne Muster. Irgendwann, als Rucksack und Trolley bereits leer sind, finde ich in der Reisetasche ein mit chinesischer Seide bespanntes Bild. Die goldbraune, mit hauchdünnen Krähenfüßen gemusterte Seide umrahmt ein altroséfarbenes Viereck, das mit Blüten und Vögeln bestickt ist. Auf der Rückseite Vanessas Handschrift: In großer Dankbarkeit und tiefer Verbundenheit für meine liebe Freundin Susanne. Weihnachten 1988.

Ich tauche meinen Arm in den Wandschrank, in dem ich alles Mögliche aufbewahre. Bügelbrett und Bügeleisen, Laptop und Steckdosenleiste, Müllbeutel und Geschirrschwämme. Ich muss ihn tief eintauchen, bis ich einen Hammer ertaste. Ein Sortiment an Nägeln bewahre ich in einer der vielen Schubläden auf.

An der Stelle, an der das Licht immer noch seine Bahnen zieht, auf Augenhöhe zum Betrachter, schlage ich den Nagel in die Wand. Sobald das Bild hängt, legen die Sonnenstrahlen eine goldene Lasur über das Gewebe, verwandeln die Vögel in Kolibris, die aufschwirren, sich propellerhaft drehen. Je länger ich das Bild anschaue, desto mehr schwirren auch meine Gedanken aus der Gegenwart in die Vergangenheit. Zu der Zeit, als ich Vanessa an der Uni F. zum ersten Mal begegnete.

Der Wissenschaftliche Rat Utze, ein kleiner Herr mit zwergenhaftem Mopsgesicht, hatte mir Vanessas Adresse gegeben. Sie habe auch Valenzgrammatik für die Zwischenprüfung in Linguistik gewählt. Da böte sich doch eine Zusammenarbeit an. Vielleicht auch noch mit Verena K., die ebenfalls Germanistik im dritten Semester studiere und dasselbe Spezialgebiet angegeben habe. „Es seien ganz kleine Fräulein, ganz kleine Fräulein" hatte der kleine Herr Utze grinsend wiederholt, so dass ich, vor dem ersten Zusammentreffen mit Vanessa, Verena war verhindert, eine Pygmäin erwartete.

Vanessa sah dann ganz anders aus. Klein, aber nur wenig kleiner als der Wissenschaftliche Rat. Zierlich. Mit pechschwarzen Haaren und hellem Porzellanteint. Auch Gesichtsschnitt und die schrägen, dunklen Augen ähnelten einer Japanerin. Besser einer japanischen Porzellanfigur mit den getuschten Wimpern, dem türkisfarbenen Lidstrich, dem hellen Wangenrouge und den korallenroten, vollen Lippen. Sie trug eine enganliegende rauchblaue Wildlederjacke zu hautengen Jeans. In der Masse der Studenten Anfang der siebziger Jahre fiel sie nicht nur durch ihre äußere Erscheinung, sondern auch durch ihre Aufmachung auf, die ich, zugegeben, im ersten Augenblick reichlich irritierend fand.

Wir hatten damals beide unsere Unterlagen mitgebracht. Wir suchten und fanden einen leeren Tisch. Etwas abseits vom Getriebe in einem der Gänge des Germanistischen Seminars, Sitzgelegenheiten gab es genug. Dann stellte sich heraus, dass Vanessa nicht nur herzerfrischend lachen konnte, sondern auch einiges von Valenzgrammatik verstand. Dass sie die in Utzes Seminar ausgeteilten Skripte durchgearbeitet hatte. Vanessa schien von der Fülle meiner Randbemerkungen in meinem Script beeindruckt.

Wir trafen uns dann regelmäßig, um an Beispielen die Frage nach den sich im Satz eröffnenden Leerstellen immer aufs Neue zu erörtern.

Natürlich trafen wir uns auch privat. Zum Discobesuch, oder zu einem Kinoabend. Hin und wieder lud sie mich auch zu einer Fete in ihre kleine Zweizimmerwohnung ein, die sie mit einer Kommilitonin teilte. Dort faszinierte mich Jim, ein großer Schwarzafrikaner, mit dem ich an einem jener feuchtfröhlichen Abende ausgiebig schmuste. Oder, besser gesagt, er mit mir, denn trotz aller Diskussion über Textauszüge aus Wilhelm Reichs ´Die Funktion des Orgasmus´[7], Freuds ´Das Unbehagen in der Kultur´[8] in diversen Proseminaren war ich viel zu schüchtern, um selbst die Initiative zu ergreifen. Wohl auch eingeschüchtert durch das protzige Getue von Kommilitonen, die sich auf ihren freudianisch-marxistischen Durchblick, mehr noch auf ihre Schwellkörper viel zu Gute hielten.

Am Morgen jener feuchtfröhlichen Fete landete ich jedenfalls in Jims Bett, der meine Jungfräulichkeit kaum fassen konnte. Was ich einen Monat später kaum fassen konnte, war meine ausbleibende Periode. In Panik lief ich zu meiner Frauenärztin. Ob ich schwanger sei, wollte ich wissen. Sie verschrieb mir nur Tabletten. Die sollte ich einnehmen, sagte sie. Dann käme es zur Monatsblutung. Vorausgesetzt, ich sei nicht schwanger. Sachlich, forsch sagte sie es, während sie mich aus ihrem Behandlungsraum hinauskomplimentierte. Sie sagte noch, Schwangerschaft sei kein Beinbruch oder Ähnliches. Nach zehn Tagen - oder waren es nur fünf -, in denen ich weder schlafen noch essen noch arbeiten konnte, stellte ich Blut in meinem Slip fest. Nicht in der Schwangerschaftsfalle gefangen. Ich fing an zu lachen, ein irres Lachen, ein nicht enden wollendes Lachen.

---

[7] Wilhelm Reich: Die Funktion des Orgasmus. Kiepenheuer & Witsch 1969

[8] Sigmund Freud: Das Unbehagen in der Kultur. Wien 1930

Später, als ich meiner Zimmerwirtin im Treppenhaus begegnete, warf sie mir einen missbilligenden Blick zu. Jim wich ich aus, so gut es ging, bis ich jeden Kontakt zu ihm abbrach.

Aber mit Vanessa traf ich mich immer noch. Meistens in der Mensa, auch in einem Hauptseminar in Anglistik, wie hieß es doch, 'Modern Australian Writers' oder so ähnlich, das wir gemeinsam belegt hatten. Ich hatte gerade meine mit 'gut' bewertete Zulassungsarbeit zurückerhalten, als Vanessa vor der Tür stand. „Hilf mir doch" wiederholte sie ständig. Die täglich neu aufgetragene Lasur auf ihrem kleinen Gesicht bröckelte an den Rändern ab, wies an den Wangen Risse auf, haardünne Risse. Mit ihren knochigen Händen klammerte sie sich an mich. „Komm' in mein Zimmer, was ist denn los", sagte ich, während ich die Zimmertür öffnete. „Ich komme mit meiner Zulassungsarbeit nicht weiter, ich kann nicht...kann nicht ..." Der Tränenstrom spülte die Wimperntusche in die Vertiefung unter den Augen. „Komm, beruhig' dich erst mal. Wie steht's mit einer Tasse Tee?" Vanessa nickte und schluchzte weiter. In den Schluchz-Intervallen erfuhr ich, dass sie mit ihrer Zulassungsarbeit noch immer auf Seite drei sei, sie käme nicht voran, obgleich sie die Arbeit in vierzehn Tagen abgeben müsse. Gebunden. Das Material, die Stoffsammlung sei komplett, auch die Gliederung, auch die Einleitung und das erste Kapitel, aber jetzt sei ihr Gehirn leer gefegt.

Ich müsse ihr helfen. Ich sei doch ihre Freundin. Vanessa krümmt sich vor Schluchzen, verschluckt sich an einem Schluck Tee, hustet, als wolle sie sich die Seele aus dem Leib husten. Natürlich muss ich ihr jetzt wie einem Kleinkind auf den Rücken klopfen. Ich muss ihr meine Hilfe versprechen, wenigstens ihr meine Hilfsbereitschaft signalisieren. In den nächsten acht Tagen baue ich anhand von Stoffsammlung und Gliederung ihr Script zur

Hälfte zusammen. Diktiere ihr die Formulierungen in die Schreibmaschine. Die andere Hälfte schaffe sie alleine, sagt sie.

Als wir uns vierzehn Tage später trafen, waren Vanessas Wimpern wieder perfekt getuscht, das Make-up makellos. Sie sei mir unendlich dankbar, versicherte sie mir. Als Zeichen ihrer Dankbarkeit spendierte sie mir eine Tasse Kaffee im Café Kranzler und führte mir das neueste Geschenk ihres Verlobten vor – eine Halskette aus dunkelroten Granatsteinen.

Draußen ist es dunkel geworden und ich bin nach den paar Käsestangen schon wieder oder immer noch hungrig. Ich begebe mich auf erneute Nahrungssuche und finde noch zwei Suppenbeutel. Während ich die Tomatensuppe löffle, klingelt das Telefon. Vanessa ist am Apparat. „Horch", sagt sie, „ich werde dich dieses Mal nicht besuchen Ich fahre nämlich gleich am 24. 12. zu Dieter, bei dem ich die ganzen Ferien bleibe. Dafür hast du doch gewiss Verständnis. „ Wir haben uns doch immer in der Zeit zwischen Weihnachten und Neujahr..." murmle ich, aber sie schneidet mir das Wort ab. Es sei, wie es sei, ein anderes Mal, sie müsse jetzt Schluss machen, Dieter wolle gleich anrufen. „Also, dann frohe Weihnachten..."

Ich schalte den Fernseher ein. Zappe mich wahllos durch alle Programme. Bis mir auch das zu viel wird und ich nur noch schlafen will.

3. Kapitel

Bei Dieter funkelt Vanessa mit dem eigens für sie geschmückten Christbaum um die Wette, bevor beide aufs breite Doppelbett sinken. Während sich ihre Glieder ineinander schlingen, glaubt Vanessa im Liebesrausch, endlich – nach zwei Bruchlandungen – auf der Insel der Seligen gelandet zu sein. Auf immer und ewig ihr persönliches Paradies gefunden zu haben, aus dem sie weder Schlange noch Gottvater vertreiben kann. In dem sie auf ewig, eingehüllt in den Mantel männlicher Fürsorge und Leidenschaft, gegen jede Unbill des Lebens gefeit sein wird.

Dieter hatte eine fette Weihnachtsgans und alle Zutaten eingekauft. Sie lagen in der Chrom- und Edelstahlküche, in der sie die Gans in siedendem Öl schmoren ließen. Ab und zu zog Vanessa sie aus der Bratröhre, um sie mit deren eigenem Saft zu begießen.
Am Abend nach dem Weihnachtsschmaus, wie wohl die arme Susanne Weihnachten verbrachte, so ganz alleine, salbte und ölte sie ihren fast noch makellosen Körper vom Kopf bis zur Fußsohle ein. Nur die Narben der beiden Kaiserschnitte waren zwei Kratzer auf der glatten, glänzenden Oberfläche, die jedoch jederzeit operativ entfernt werden konnten.
Für das Abendessen am Zweiten Weihnachtsfeiertag hatte Dieter einen Tisch im nobelsten Restaurant in ganz K. bestellt. Im „Zu den blauen Forellen" flitzten die Kellner in ihren schwarzen Anzügen mit den blütenweißen Hemden, sie schritten und glitten zwischen den mit Damast-Decken und feinstem Porzellan gedeckten Tischen. Sie balancierten dabei graziös große und kleine Tabletts, als wollten sie Pirouetten tanzen.
Dieter und Vanessa wurden von einem Pirouetten-Tänzer im Oberkellner-Frack zu einem der Tische an der breiten Fensterfront geleitet. Ob die Herrschaften einen Aperitif wünschten – einen Pernot oder einen Martini? - „Nein? Hier ist unsere reichhaltige Auswahl an Speisen und Getränken." Mit

einer Verbeugung, einem Lächeln überreichte er ihnen eine in Leder gebundene Mappe, um sich diskret von ihrem Tisch zu entfernen.
Bald wird ihr Menü, Rehrücken in Madeira-Soße mit Prinzessbohnen, Kaisergemüse mit Mandelsplittern, aufgetischt. Mit einer Flasche Muskateller. Aus ihrer satten Zufriedenheit wird Vanessa erst gerissen, als Dieter nach dem gemeinsamen Mahl den Kellner um getrennte Rechnungen bittet. Sie wollten doch auf Augenhöhe miteinander umgehen. So war es doch ausgemacht, nicht wahr, lässt er verlauten und macht kugelrunde, erstaunte Augen. Aber Vanessa liegt jetzt überhaupt nichts an Augenhöhe. Sie möchte seine Zuleika sein, die Herzdame in seinem Harem, in dem es außer ihr keine weiteren Haremsdamen gibt. Er soll seine Liebe zu ihr nicht nur durch Manneskraft, sondern auch durch seine Zahlkraft beweisen. Damit sie sich ganz umsorgt fühlen kann. Geborgen in seiner Sorge für sie, damit sie sich nie mehr sorgen muss. Zu Hause beim Liebesspiel vergisst sie wieder ihre Irritation.

4. Kapitel

Als Susanne am 23. 12. in Winterjacke, Schal und Handschuhen, den Einkaufskorb in der einen, den Schlüssel in der anderen Hand, die Wohnung verlassen will, klingelt das Telefon. Sabine ist am Apparat, sie wünscht schöne Weihnachten. Ob sie Susanne am 27. 12. besuchen könne? Sie käme mit dem Zug um 12.35 in Baden-Baden an. Heiligabend und den Ersten Weihnachtsfeiertag müsste sie natürlich mit ihren Eltern, den Verwandten verbringen. Ob Susanne sie am Bahnhof abhole? Ja? Das wäre toll, dann würden sie gemeinsam Silvester feiern.

Sabine. Auch eine Freundin. Nicht aus Studententagen, sondern viel jüngeren Datums, sowohl was die Freundschaft als auch Sabines Alter betrifft. Sie ist Mitte vierzig und hat viele Freundinnen. Sie ist blond und hat ein ebenmäßiges, rundes Gesicht. Wenn sie sich gemeinsam in der Öffentlichkeit bewegen, beobachtet Susanne immer wieder, wie Sabine von Männern vorwurfsvolle Blicke, sie selbst dagegen entrüstet-grimmige erntet.

Bei Aldi drängen sich die Menschen, die ihre Einkaufswagen, zumeist bis zum Rand vollgepackt, durch die Gänge bugsieren. „Können Sie nicht aufpassen", herrscht mich eine quadratgesichtige Frau an. Sie hat weiße, straff nach hinten gekämmte Haare, die zu einem strammen Knoten zusammengebunden sind. Mein Wagen hat anscheinend ihren gestreift. Oder war es umgekehrt? Hat ihr Wagen meinen gestreift? Vor zwanzig Jahren hätte ich mich entschuldigt, aber heute zische ich nur „Und warum können Sie nicht aufpassen?" während ich meinen Wagen weiter schiebe, ohne auf ihr Wutgeschnaube zu achten.

Zu Hause verstaue ich die Futteralien im Kühlschrank, den Wildschweinbraten, Lachsfilets in Blätterteig, die Leberpastete, Rotkohl, Schalotten, Butter...

Draußen schneit es wieder. Eine frische Schneedecke hat den dunklen Schneematsch auf Straßen und Gehwegen überzogen. Sie besteht nur aus feinen Flocken, so dass der nasse Dreck darunter an meinen Stiefeln kleben bleibt, als ich zu einem Spaziergang aufbreche. Die kalte Winterluft riecht frischgewaschen, die zitronengelben Sonnenstrahlen brechen sich auf den verkarsteten Schneeflächen der Rebenhänge.

Zurück in der Wohnung fällt es mir ein. Die Tischstaffelei, die Ölfarben in Tuben, die Lösungsmittel, der Keilrahmen, die ich vor einem Jahr als Sonderangebot gekauft habe. Auch bei Aldi. Oder war es bei Lidl? Jedenfalls in einem Supermarkt. Ich bin nämlich eine Hobbymalerin. Besondere Kenntnisse habe ich nicht, vom schulischen Kunstunterricht abgesehen. Doch, ich habe einige Mal- und Zeichenkurse an der Volkhochschule belegt. Perspektivische Zeichnen, Malen mit Acryl-, mit Wasser-, mit Ölfarben. In einem der Kurse sollten wir Stillleben malen. Als Motiv wählte ich einen orangerotgelb changierenden Schal, auf dem eine Elfenbeinkette drapiert war. Ermutigt vom Lob der Kunstlehrerin, die mir einen eigenen Stil bescheinigte, spannte ich das Bild in einen passenden Rahmen und schenkte es Vanessa. „So reagiert sie sich ab", lachte sie, damals noch verheiratet, aber bereits in einer ihrer vielen Ehekrisen steckend. Mein Einwand, dass es sich um Sublimierung handeln könne, ging in ihren Lachkollern unter.

Auf meiner Miniaturleinwand verwandelt sich der Glitzerschnee draußen auf den Berghängen und Hügeln zum Schuppenpanzer einer Riesenechse, der, von einer kaum sichtbaren Sonne angestrahlt, wie Blattgold, wie Rotgold funkelt, dann wieder silbrig glitzert. Der Echsenkopf schimmert seidig-grün. Dunkler Schneematsch quillt wie der weiche Unterleib da und dort unter dem Panzer hervor. Das Anthrazitbraun geht in dunkles Braun über, von braunroten Tupfern aufgelockert. Wieder irren meine Gedanken in die Ferne, warum kann ich mich nicht auf das entstehende Bild konzentrieren? Aber während die Erinnerungen streunen, taucht meine Hand den Pinsel in die Farbpalette, streift überflüssige Flüssigkeit ab und tupft neue Farbnuancen auf die Leinwand.

Wieder sehe ich mich an der Universität F. Im Saal der Universitätsbibliothek. Es sind nur noch wenige Wochen bis zu meinem mündlichen Staatsexamen. Ich will mir noch einige Notizen zu einem meiner Spezialgebiete 'The Victorian Novel' machen, obgleich ich bereits gut vorbereitet bin und es vielleicht besser wäre, spazieren zu gehen. Ins Kino zu gehen, mich abzulenken, um nachts besser schlafen zu können. Ich hatte den jungen Mann, der mich dann bei den Fotokopierern ansprach, schon einige Male im Lesesaal gesehen. Er war mir aufgefallen, nicht nur, weil er mich beobachtete, um nicht zu sagen fixierte. Warum, wusste ich nicht. An mir war äußerlich nichts Auffallendes außer meinen dichten, kastanienbraunen Haaren. Vielleicht noch meine dunkelbraunen Knopfaugen. Er war mittelgroß, athletisch gebaut, nicht so wie Schwarzenegger, aber doch muskulös, fast zu muskulös für einen Akademiker, zumindest für das Bild des typischen Akademikers. Vielleicht ging er nebenbei ins Sportstudio, natürlich nicht in ein teures, sondern in die Billigvariante für Studenten. Die dunkelblonden Haare lichteten sich an manchen Stellen, was seinem jungenhaften Gesichtsausdruck keinen Abbruch tat. Jetzt fiel mir ein, dass ich ihn mehrfach im Gefolge von Prof. O. gesehen hatte. Ob er bereits Doktorand oder Assistent war? „Sie übernachten wohl noch in der Bibliothek. Man sieht Sie morgens, mittags und abends über Büchern sitzen, lesen, exzerpieren. Oder kopieren. Sind Sie in Examensnöten?" Er blinzelte mir spöttisch-jovial zu, als er das fragte. „Vor dem Examen schon, aber nicht in Nöten", gab ich zurück. - „Sie machen doch gewiss auch eine Mittagspause. Jetzt ist es schon 12.30. Ich wollte gerade rüber in die Mensa. Kommen Sie nicht mit?"

Zugegeben, ich fühlte mich geschmeichelt, auch wenn man Thomas´ Kontaktaufnahme plump, dreist oder ich weiß nicht wie finden konnte. Oder dachte ich nur damals so, weil ich in all den Studienjahren eine Hinterwäldlerin geblieben war? Jedenfalls blieb es nicht beim gemeinsamen Mittagessen in der Mensa. Zum Bumsen gingen wir auf seine Bude, denn sein Vermieter war – im Gegensatz zu meinem – nicht am Privatleben der Untermieter interessiert. Unsere Körper, ineinander verschlungen, verknotet. Liebesknoten, der sich dann wieder entknäulte.

Thomas schrieb tatsächlich an einer Doktorarbeit bei Prof. O. Über Nietzsche in seiner Relation zu Spinoza oder umgekehrt. Ich kann mich nicht mehr genau an den Titel erinnern. Ich weiß nur noch, dass er mich um die Korrektur aller orthographischen, Zeichensetzungs- und stilistischen Fehler bat. Was ich nach meinem mündlichen Anglistikexamen auch tat. Er wiederholte immer wieder, dass sein Doktortitel uns beiden zu Gute käme. Wir wollten doch heiraten - oder vielleicht nicht? Wir wollten doch auch Kinder - oder vielleicht nicht? Ich sei doch nicht eine dieser wildgewordenen Emanzen, die nicht nur von freier Liebe schwadronierten, sondern auch mit jedem ins Bett gingen und am Ende ihre Kinder selbst aufziehen oder ganz auf Kinder verzichten mussten. Sein Professor habe ihm bereits eine Assistenzprofessur in Aussicht gestellt, vorausgesetzt, seine Dissertation und Rigorosum würden mit summa cum laude bewertet.

Die Tatsache, dass ich nun endlich einen festen Freund hatte, führte dazu, dass mich Kommilitonen grüßten, die mich zuvor keines Blickes gewürdigt hatten. Auch Vanessa schien beeindruckt. Jedenfalls verfügte sie nicht mehr so bedenkenlos wie früher über meine Zeit und lud auch weniger Sorgen bei mir ab.

Die in Aussicht gestellte Assistenzprofessur löste sich in Wohlgefallen auf, als Thomas´ Doktorarbeit nur mit cum laude bewertet wurde. Vielleicht spielten noch andere Gründe eine Rolle, vielleicht hatte er es nicht verstanden, das für solche Posten unentbehrliche Netzwerk zu spinnen. Stattdessen fand er unmittelbar nach meinem mündlichen Staatsexamen in Germanistik eine Stelle im Personal Management eines größeren Konzerns. Nicht in F., sondern im zweihundert Kilometer entfernten M. Da ich mein Referendariat in einem badischen Kaff antreten musste, konnten wir uns nur an den Wochenenden treffen. Auch nicht an allen, nur an jedem zweiten oder dritten. Mal fuhr ich mit dem Zug nach M., mal kam er in seinem funkelnagelneuen Audi nach L.. Er trug auch nicht mehr ausgeleierte Jeans wie noch zu Doktoranden-Zeiten, sondern dunkelblaue oder hellgraue Sakkos zu den farblich abgestimmten Tuchhosen. Wir schlangen immer noch unsere Körper ineinander, aber wir führten kaum noch tiefgründige Gespräche, z.B. über das knechtische Bewusstsein im Hegelschen Sinn, über Platons Reich der Ideen, über die Relativität jeder Realitätserfahrung. Uns wuchsen nicht mehr geistige Flügel, wir rollten nur noch auf Rädern – in den Taunus, zum Königstein, nach Wiesbaden. Gingen unterwegs in den feinsten Restaurants essen. Thomas verdiente bereits eine Stange Geld, zumindest weit mehr als ich mit meinem kleinen Referendarinnen-Gehalt, so dass er immer die Rechnung bezahlte. Im Nachhinein weiß ich nicht, ob dieser Umstand zu einer unmerklichen

Verhaltensänderung führte. Oder waren es meine Anekdoten aus dem Referendariat, die oft nicht erheiternd, sondern voll hilfloser Wut waren? Jedenfalls beobachtete ich immer öfter, wie er nicht nur die Kellnerinnen, sondern auch die weiblichen Gäste musterte. Ausgiebig mit den Augen auf deren Gesichtern verweilend. Auf ihren Hälsen, ihren Dekolletés, ihren Busen. Ihre ästhetische Wertigkeit taxierend. Manchmal hatte ich den Eindruck, als nähme er mich kaum noch wahr, wenigstens nicht mich selbst, sondern nur noch als Ansammlung weiblicher Haut, weiblicher Haare, weiblicher Körpermasse, die es mit anderen Prüfexemplaren zu vergleichen galt.

Der rotgoldene Echsenpanzer mit dem smaragdgrünen Echsenkopf mit dem matschigen Unterleib kriecht über Quader, deren Grauweiß ins Violette und Bläuliche spielen. Irgendwie hat der Pinsel in meiner Hand auch einen Hintergrund aus Quadern entstehen lassen, deren perspektivische Linien dem Bild Tiefe geben.

Bei der Fahrt nach Baden-Baden am 24. 12. auf Hängen und in Parks wieder die versilberten, mit Brillanten versetzten Schuppenpanzer, die unbeweglich in der Sonne liegen. Schwarzbrauner Schlamm, der an ihren Rändern hervorquillt. Den Wagen stelle ich in der Kurhaus Tiefgarage ab. Spaziere über den Weihnachtsmarkt. Knusperhäuschen an Knusperhäuschen. Mit oder ohne Lebkuchen, Marzipan, gebrannte Mandeln. Und Tannenzweigen auf den Dächern. Natürlich ohne böser, im Häuschen lauernder Hexe. Triefäugig, mit langer Hakennase und spitzem Kinn. Auf dem Besenstiel durch die Lüfte reitend. Stattdessen ein freundlich blickender Weihnachtsmann. Spiegelverkehrte Reflexion der Realität in den Märchen der Brüder Grimm. Zuerst wenigstens. Die Hexe, die böse, die arme, schutzlose Kinder anlockt, um sie zu mästen und später im Feuerofen fürs eigene Festmahl zu rösten. Dann aber, wenn Hänsel, der gute, oder war es Gretl, die böse Hexe in den Backofen stößt, um sie dort verbrennen zu lassen, exakte Spiegelung der Wirklichkeit. Immerhin wurden ca. 50 000 Frauen vom Anfang der Neuzeit bis 1775 nach bestialischer Folterung öffentlich auf Scheiterhaufen verbrannt.[9]

Nicht, weil sie böse waren, zumindest nicht böser als der Durchschnittsmann oder die Durchschnittsfrau, sondern weil sie anders waren als der Durchschnitt. Zum Beispiel allein oder krank und gebrechlich. Auffallend schön oder auffallend hässlich. Besonders einfältig oder besonders begabt. Vielleicht fielen sie auch durch ein Muttermal auf. Oder nur durch lautes Husten oder lautes Lachen. Aber, höre ich schon die wissenschaftliche Zunft einwenden. Es wurden nicht nur Frauen in jenem Zeitraum als Hexen verbrannt, sondern auch Männer. Als Hexer. 20 bis 25%. In Nordeuropa sollen sie sogar die Mehrheit derjenigen gestellt haben, die wegen Hexerei verurteilt wurden.[10] Wobei geflissentlich übersehen wird, dass Mitteleuropa auch damals wesentlich dichter besiedelt war als Nordeuropa, die europäische Bevölkerung insgesamt jedoch im Vergleich zu heute verschwindend gering war. Warum ist dann nur die Hexe, entweder als monströs-hässlich, abgrundtief schlecht oder zauberhaft schön und mächtig, im kollektiven Bewusstsein verankert? Nicht die des Hexers?

---

[9] https://de.wikipedia.org/wiki/Hexenverfolgung

[10] s.o.

Hier steht schon die Psychologen-Zunft Jung'scher Prägung
parat. Die übermächtige, alles verschlingende Muttergestalt.[11]
Medea etc.[12]

Eigenartig, dass die Unzahl machtgieriger, massenmordender
Männer anscheinend nur einen nebelhaften Niederschlag im
kollektiven Unterbewusstsein gefunden haben.

Ich gehe weiter. Vorbei an Ständen, an denen Felle feilgeboten
werden, Kerzen aus Bienenwachs, Bienenhonig, Lederwaren,
handgefertigte Schmuckstücke. Auch penetrant riechender Käse
aus dem nahegelegenen Elsass. Und natürlich Glühwein und
Pfeffernüsse. Erst vor dem kleinen gusseisernen Grillofen, auf
dem Maronen geröstet werden, bleibe ich stehen. Ich kaufe 200
Gramm. Während ich die heiße, harte Schale abpelle, bleibe ich in
unmittelbarer Nähe des Stands stehen. Ein junger Mann,
vielleicht Anfang dreißig, schaut zu mir herüber. Er hat
flachsblonde Haare und Augen, deren Blau auszulaufen scheint.
Er steht vor einer Bude, an der heiße Würstchen verkauft
werden. Er kauft jedoch nichts, er isst auch nichts, sondern lehnt
nur gegen eine der Holzwände und schaut grinsend zu mir
herüber. Dann fängt er an, mich nachzuäffen. Wie ich die Schale
von den Maronen ziehe. Wie ich die Maronen in den Mund
stecke. Wie ich kaue. Erst versuche ich, ihn zu ignorieren, dann
kehre ich ihm den Rücken zu, werfe die Maronenschalen in einen
der Abfallbehälter und gehe Richtung Leopoldbrunnen, biege in
die Kreuzstraße, dann in die Lichtentaler Straße. Aus den
Augenwinkeln beobachte ich, wie mir der Flachsblonde folgt. Im

---

[11] Nach C. G. Jung ist das kollektive Unterbewusstsein von Archetypen
geprägt, d.h. von Bildern und Vorstellungen, die allen Menschen
gemeinsam sind

[12] Eine Frauengestalt aus der griechischen Mythologie

Abstand von 30, 40 Metern. Das Grinsen ist auf seinem Gesicht stehengeblieben.

Und dann sehe ich sie. Oder stelle ich mir vor, sie zu sehen? Wie sie auf ihren Besenstielen über mir kreisen. Kreiseln. Eine junge, blühende Rubensgestalt. Haare, herbstblätterrot, schweifen sich um ihr glattes Gesicht. Und zwei ältere, sehnig und gerade, mit klugen Gesichtern, von weißen Haarsträhnen umflattert. Sie winken mir zu, sie lachen unbändig, so sehr, dass sie Mühe haben, sich auf ihren Besenstielen zu halten. Und ich muss auch lachen. Mitten auf der Straße. Und es ist mir scheißegal, wie mich die Passanten angucken und was sie Abfälliges sagen. Die alte Schnapsdrossel. Hat zu viel Glühwein auf dem Weihnachtsmarkt gegurgelt.

Es ist mir auch egal, dass der junge Flachsblonde mir noch folgt. Dass er noch immer Grimassen schneidet. Als ich mich nach meinen Flugbegleiterinnen umschaue, haben sie sich verflüchtigt. Aber sie – oder war es nur meine Vorstellung von ihnen –haben mich irgendwie beschwingt. Ich steuere das nächste Café an. Es ist fast leer, was am 24. 12. gegen 13 Uhr nicht verwunderlich ist, denn in einer Stunde wird das Lokal geschlossen. Drei Kellnerinnen stehen an einem der leeren Tische. Sie scheinen eifrig ins Gespräch vertieft. Wenn sie meinen, ich beobachte sie nicht, schielen sie in meine Richtung. Mein Menü habe ich schnell ausgewählt: Königin Pastete und Mineralwasser. Doch es will mir nicht gelingen zu bestellen. Immer, wenn ich den verstohlenen Blick einer Kellnerin erhasche und mich bemerkbar machen will, stecken sie wieder die Köpfe zusammen und ignorieren mich standhaft. Soll ich meine Tasche packen und gehen? Mich selbst als Störfaktor entsorgen? So leicht will ich es den dreien doch nicht machen.

In dem Augenblick reißt ein Windstoß die Eingangstür auf und meine drei Begleiterinnen segeln herein. Nicht auf ihren Besenstielen, sondern auf ihren strammen Beinen. Sie wirbeln so viel Wind auf, dass den Kellnerinnen die kurzen Röcke und die weißen Schürzchen hochflattern. Ob sie so viel Wind machen müssten, zischt eine Kellnerin erbost, aber die Junge mit den Kometen-Schweifhaaren tritt mit ihren Lederstiefeln so hart auf, dass es im Raum wiederhallt. Nicht nur die Kellnerinnen, auch die wenigen Gäste außer mir zucken zusammen. Ich jedoch winke und lache den dreien zu, die mich begrüßen wie eine alte Bekannte. Sie setzen sich an einen großen Tisch ganz in meiner Nähe, denn an meinem Tischchen wäre eh kein Platz für sie. Jetzt springen die Kellnerinnen eilfertig herbei, sie scharwenzeln um die drei und um mich. Sie fragen dienstbeflissen nach meinen Wünschen. In wenigen Minuten tragen sie die voll beladenen Tabletts heran. Ein maskenhaftes, serviles Lächeln hat sich auf über ihre Gesichter gestülpt.

Ich bin so hungrig, dass ich sogleich die Pastete hinunterschlinge und gar nicht weiter auf meine neuen Bekannten achte. Erst als ein gewaltiger Windstoß die Eingangstür wieder sperrangelweit aufreißt, bin ich nicht einmal verwundert, dass er die drei von ihrem Tisch mit nach draußen fegt. Ob sie ihre Zeche zuvor bezahlt haben oder nicht, weiß ich nicht. Geht mich auch nichts an.

In der Tiefgarage steht der Flachsblonde am Parkscheinschalter. Neben ihm ein bulliger Riese. Beide grinsen schmierig, während sie mich abfällig mustern. Aber mit Pasteten gefülltem Magen und nach dem seltsamen Erlebnis im Kopf ist mir auch das total egal.

5. Kapitel

Zu Hause holte Susanne ihre Tischstaffelei, ihre Farbenpalette und malte, was das Zeug hielt. Teufel und Furien und Feuersbrunst, dazwischen trank sie Sekt, ein Glas, zwei Gläser... Sie legte die CD 'Carmina Burana' von Carl Orff in den CD-Player, schaltete die niedrigste Tonstufe ein. Was sollten die Nachbarn denken? Allein in ihrer Wohnung an Heiligabend und hörte Carmina Burana statt Weihnachtsoratorium oder Weihnachtslieder a la 'Ihr Kinderlein kommet' oder 'Es ist ein Ros' entsprungen'? Was war denn das für eine Schnalle? Oder eine einsame Alte, die aus Frustration mit den Tassen aus ihrem Hirnschränkchen um sich warf?

Gegen siebzehn Uhr schob sie das tiefgefrorene Lachsfilet in Blätterteig in die Backröhre. Trank schon einmal ein Glas Beaujolais. Das Gefühl der Einsamkeit war ihr fremd, aber das falsche, das fremde Bewusstsein konnte sie nicht aus sich herausschneiden. Es plapperte, plärrte im Hintergrund, es war befrachtet mit Bildern von Frauen, wie sie sein sollten. Nach Mannes- und Medienmeinung. Mit ellenlangen, haarlosen bronzefarbenen Beinen. Mit ebenso ellenlangen Körpern, ohne Fett, dafür sehnig mit Muskelmasse. Und weil ihr makelloses Fleisch nie altert, werden sie ewig und drei Tage männlicherseits begehrt. Und deshalb sind solche weibliche Wesen auch immer charmant. Dazwischen mischten sich Bilder von solchen, vor denen Männer und Mütter schon immer gewarnt haben- den frustrierten Tucken, den Geschiedenen, den späten Mädchen, die keinen abgekriegt haben. Oder denen einer schon vor langer Zeit abhandengekommen war.

Sie öffnet die Balkontür, um die Küchendüfte hinaus und kalte, frische Winterluft hineinziehen zu lassen. Aus den umliegenden Wohnungen hört sie 'Süßer die Glocken...'. Von irgendwoher flattert auch die Melodie 'Jingle bells...' zu ihr herüber. Sie will nur schnell in den Keller hinuntersteigen, um den Müll, der ihr entgegen stinkt, zu entsorgen.

Als sie mit dem leeren Mülleimer zurückkommt, sieht sie die drei am Esstisch sitzen. Mit spitzen Hüten. In langen, schleppenartigen Gewändern aus schwarzem und violettem Samt, auf dem blaugrüne Pfauenaugen prangen. Wie sind sie in ihre Wohnung gelangt? Sind sie über den Balkon geklettert oder geflogen? Oder sind ihr Sekt und Beaujolais so zu Kopf gestiegen? Aber die drei stehen jetzt auf, kommen auf mich zu, umarmen mich. Ich spüre ihre Haut, fest und elastisch. Sie riecht nach Tannengrün und Wintersturm. Dann beginnen sie zu tanzen wie die Derwische, während sie, rhythmisch abgestimmt auf ihren Tanz, mir völlig unbekannte Melodien pfeifen. Erst leise, verhalten, dann immer durchdringender..."Um Gottes willen, die Nachbarn" höre ich mich rufen, als es bereits an meiner Wohnungstür klopft. Bevor ich öffne, kann ich gerade noch den Backofen abschalten, denn bei dem unerwarteten Besuch habe ich natürlich das Lachsfilet in der Bratröhre völlig vergessen. Im Türrahmen steht mein Nachbar. Ob ich nicht die Musik leiser stellen könne, fragt er. Schließlich sei Weihnachten. Wenigstens an Weihnachten könne man Rücksicht auf seine Nachbarn nehmen. Dass man mir als alleinstehender älterer Dame so etwas noch sagen müsse. Ich sehe, wie er die Nase rümpft, und will gerade entgegnen, dass zwei Drittel des Jahres kein Laut aus meiner Wohnung dringt, weil ich nicht anwesend bin, wodurch sich das bisschen Lärm wohl mehr als ausgleiche. Aber ich komme nicht dazu, denn meine Besucherinnen gurren im Hintergrund wie Tauben. Aus der Tiefe des Wohnzimmers rufen sie dem Nachbarn „Frohe Weihnacht" zu. „Frohe Weihnacht...Frohe Weihnacht...Frohe Weihnacht". Der starrt mich nur ungläubig an, murmelt so etwas wie „Frohe Weihnacht" und „Ich wusste gar nicht, dass Sie Besuch haben". Dann zieht er ab. Ich schließe die Wohnungstür und gehe auf die Toilette, um mich nach diesen Turbulenzen zu erleichtern.

Als ich mich bei den dreien bedanken will, weil sie mir schon wieder aus einer peinlichen Situation geholfen haben, sind sie so spurlos verschwunden, wie sie auftauchten. Nur die Balkontür ist weit geöffnet und auf dem Esstisch finde ich zwei zugeklebte Briefkuverts. Ich reiße sie sofort auf und bin – zugegebenermaßen- etwas enttäuscht, als ich im ersten zwei Eintrittskarten für eine Silvesterparty entdecke – in einer umgebauten Scheune in Haueneberstein. Vielleicht zwischen vertrockneten Heuballen. Der Inhalt des zweiten Kuverts ist noch enttäuschender. Er enthält nur die Einladung für eine alternative Gemäldeausstellung unbekannter Künstler. Im Alten Dampfbad in Baden-Baden.

In der Zwischenzeit ist das Lachsfilet lauwarm geworden, so dass es eine kurze Aufwärmung in der Mikrowelle nötig hat. Und ich habe ein weiteres Glas Beaujolais dringend nötig. Endlich kann ich mich an den gedeckten Tisch setzen, mir die knusprigen Teigfetzen in den Mund stopfen, dazu Happen des hellroten Filets, das sich saftig und durchwärmt in der Mundhöhle anfühlt.

Waren die drei Hexen-Tänzerinnen wirklich in meiner Wohnung? Noch vor fünf Minuten? Aber was ist schon wirklich? Wie können wir jemals sicher sein, dass die Außenwelt Realität und nicht Spiegelung unseres Bewusstseins ist? ´Cogito ergo sum´[13] schrieb Descartes, und erhob damit das menschliche Denkvermögen zum Beweis der individuellen menschlichen Existenz. Existierten die drei seltsamen Gäste, weil ich sie mit

---

[13] Ich denke, also bin ich.

meinen Gedanken, Wünschen angezogen hatte? Wenn der Mensch ein Geschöpf der Illusion ist, und das ist er gewiss, dann konnte der Glaube zu dem einen oder anderen Gott nicht nur Kriege entfesseln. Dann konnten die unzähligen Frauenbilder, zumeist abschätzige, aber auch idealisierende, auf jeden Fall widersprüchliche, nicht jede Frauengeneration in immer neu gesponnenen Fallstricken fangen. Dann musste es möglich sein, mit einer neu zu denkenden Macht der Vorstellung den gordischen Knoten zu durchtrennen. Auch wenn einem Hexenreale oder nur imaginierte oder durch Imagination realisiertebeim Aus-der-Reihe-Tanzen zu Hilfe kommen mussten.

Auch am nächsten Tag malte Susanne wie von Furien besessen. Sie malte spitze Hüte in allen Farbschattierungen. Große, kleine, schmale, breite, Hüte, die auf einer abschüssigen Bahn entlang rollten. Hüte, die in blaue oder neblig-graue Räume flogen. Fliegende Hüte, vor denen man auf der Hut sein sollte oder die einen behüteten? Spitze Hüte, aus denen wie aus Wundertüten Erinnerungen quollen...

Ein Puppenhaus oder eine Puppenvilla. Wie damals die Villa, die Thomas für sie beide im Taunus mietete, nachdem sie das Referendariat abgeschlossen und wenig später eine Stelle als Presselektorin in einem Zeitungsverlag fand. Kurz zuvor war er nochmals befördert worden. Ob man ihm nahegelegt hatte, sich möglichst bald zu verheiraten oder ob er es aus einem anderen Grund opportun fand, sie zu heiraten, wusste Susanne damals so wenig wie heute. Sie wusste nur, dass sie damals schwerkraftmäßig der Erwartungsanziehung folgte, die Eltern, Kollegen, nicht zuletzt Vanessa auf sie ausübten.

Thomas wollte ein offenes Haus, in dem Bekannte, Arbeitskollegen kommen und gehen konnten, wann sie wollten. Sich immer willkommen fühlten. In dem es trotzdem immer picobello aussah. Und in dem Susanne auch noch jederzeit eine gute Figur machte, sobald sie sich zu Hause blicken ließ. Wenn sie nicht ins Kreuzfeuer seiner abfälligen Kommentare geraten wollte. Sie hätte Speck an der Taille angesetzt, an den Hüften sowieso. Warum sie nicht – wie die meisten Frauen seiner Kollegen – ins Fitnessstudio gehe? Warum er sie taxiere wie eine Kuh oder ein Pferd, das am Wettbewerb für Tierzüchter teilnehme, wollte sie einmal wissen. Wie sie wieder tue. Jeder Mann wolle eine hübsche Frau, präsentierbar in jeder Lebenslage. Schließlich wolle sie auch keinen Clochard, keinen Penner, keinen Stadtstreicher. Natürlich hätte sie fragen können, inwiefern sie ein paar Speckwülstchen in eine Pennerin oder Stadtstreicherin verwandelten. Aber sie wusste, was dann folgen würde: Ihre verbalen Spitzen würden sich ineinander verzahnen, verdrahten, bis sich jeder, um dem Drahtgeflecht zu entkommen, in ein entferntes Zimmer zurückzog.

Immer öfter hielt sich Susanne in ihrem Presseverlag auf, machte Überstunden, übernahm dieses oder jenes Projekt, eine Präsentation auf einer Messe. Thomas lud in der Zwischenzeit immer jüngere und aufreizender gekleidete Frauen nach Hause ein. Kolleginnen, wie er sie nannte, obgleich dies bei dem sehr jugendlichen Alter der Frauen kaum möglich war. Für den Haushalt hatte er zwei Haushaltshilfen engagiert, die fünf Mal die Woche die Villa polierten, seine Hemden bügelten und den Einkauf besorgten. Wie Susanne aß er in der betriebseigenen Kantine zu Mittag.

Bis Susanne auf den Einfall kam, einen Escort-Boy anzuheuern. Sich nicht heimlich in irgendeinem Hotel mit ihm zu treffen, sondern ihn nach Hause kommen zu lassen. Dann kam er auch.

Emilio. Ein vielleicht zwanzigjähriger junger Mann. Ein hübscher, mit schwarzen kurzgeschorenen Haaren. Wohlgeformtem Schädel. Eher klein als groß, aber mit muskulösem Torso und ebenso muskulösen Armen und Beinen. Ein Mini-Gladiator. Seine Körperkräfte waren auch schnell gefragt, denn sobald Thomas Emilio sah, witterte er in ihm den Nebenbuhler. Fragte nicht nach seinem Namen, was er wünsche, sondern wollte ihm sofort einen Handkantenschlag versetzen, was Emilio nicht nur verhinderte, sondern Thomas´ Arme und Hände in festem Polizeigriff umklammerte. Zumindest solange, bis Susanne die Polizei alarmiert hatte und sich beide vor dem tobenden Thomas in Sicherheit bringen konnten.

Nach diesem Vorfall reichte Susanne die Scheidung ein, die auch wenige Monate später erfolgte. Natürlich unter beträchtlichem Aufwand. Gänge zur und Telefonate mit der Anwältin, wie viele Schreiben mussten an wie viele Ämter geschickt, wie viele Formulare ausgefüllt, wie viele Wohnungen mussten besichtigt werden. Bis sie endlich eine kleine Zweizimmerwohnung in unmittelbarer Nähe ihrer Presseagentur anmieten konnte. Als sie Thomas im Gerichtsgebäude begegnete, wollte sie ihm zur Begrüßung die Hand geben, wenigstens nach außen die Form wahren, aber er ließ die Hände in den Jackentaschen stecken.

Am nächsten Tag fuhr Susanne in den Hochschwarzwald. Quader von Eis und verkarstetem Schnee auf Berghängen aufeinandergeschichtet. Quader, auf denen urzeitliche Echsen krochen. Oder festgewachsen waren. Dieses Mal glitzerten und funkelten ihre Schuppenpanzer nicht, sondern bildeten eine verhornte, milchig-weiße Masse. Sie fuhr bis zum nächsten Großraumparkplatz. Stellte den Wagen dort ab. Schnallte ihren kleinen Rucksack um und stapfte zu dem Trampelpfad, der sich quer durch einen dichten Tannenwald zog. Waldeinsamkeit, in der sie sich geborgen fühlte. Erst nach etwa einer Stunde tauchten Spaziergänger auf. Einzeln und paarweise. Bis schließlich drei Frauen auftauchten. Als sie schon an ihr vorbei gegangen waren, glaubte sie, sich an ihre Gesichter zu erinnern. Das volle Gesicht mit dem rötlichen Pferdeschwanz, die zarten, von feinen Pinselstrichen durchzogenen Gesichter der beiden grauhaarigen Frauen. Ihre Weihnachtsgäste mit den spitzen Hüten, die Flugbegleiterinnen. Die Zauberhexen, die über ihr kreisten. Das mussten sie gewesen sein, auch wenn es noch so phantastisch war.

Rötliche, weiße, graue Fäden stricken ein feines Gespinst in der Luft, das von Tannenzweig zu Tannenzweig weiter gesponnen wird, bis ich eingesponnen bin im Märchenwald. Komisch, dass ich keine Angst habe. Wie eine Schwimmerin breite ich die Arme aus, mache weitausholende Bewegungen, bis das gigantische Spinnennetz zerreißt. Wenigstens an einer Stelle, die den Blick frei gibt auf die B 3, auf der ich hierher gefahren bin. Jetzt kann es nicht mehr weit bis zum Großraumparkplatz sein. Vielleicht noch 300 Meter.

Im Auto schalte ich erst mal die Heizung ein, trinke den warmen Tee aus der Thermosflasche und kaue auf meinem Vesperbrot herum, bis mich das Kauen und Schlucken anödet. Ich möchte nach Hause. So schnell wie möglich. Beim Zurücksetzen aus der Parklücke streife ich einen Pfosten aus Stahlbeton. Natürlich steige ich aus, um den Schaden an meinem Wagen zu begutachten. Glücklicherweise ist nur der Lack am unteren Teil des Hecks abgesplittert. Plötzlich baut sich ein Mann vor mir auf. Mustert mich finster. „Ich habe alles fotografiert. Wie Sie gegen den Pfosten gefahren sind. Wenn Sie jetzt wegfahren, ohne die

Polizei zu rufen, begehen Sie Fahrerflucht", droht er. - „Zeigen Sie mir doch eine Schramme am Pfosten", verteidige ich mich. - „Das spielt keine Rolle. Sie sind gegen öffentliches Eigentum gefahren. Ich habe die Beweise. Sie sind gut beraten, wenn Sie die Polizei rufen. Sonst werden Sie wegen Fahrerflucht belangt." Als ich ihn nach seinem Namen frage, sagt er ihn natürlich nicht, sondern droht nur weiter. Fahrerflucht sei das. Fahren gegen Gemeinschaftseigentum. Er werde die Fotografien an die Polizei weiterleiten. Aber da sitze ich schon wieder hinter meinem Steuer. „Fahrerflucht" schreit er hinter mir her, als ich auf die B3 Richtung Rastatt einschere.

Zu Hause räume ich die Wohnung auf. Nicht nur, weil Sabine morgen kommt. Sondern, weil ich hoffe, dass das Einräumen, Sortieren, Wegwerfen auch die inneren Schubladen, die irgendwie halb aufgezogen in den beiden Hirnhälften hängen, wieder in ihre angestammte Position bringen. In einem Regal des Gästezimmers stoße ich auf eine Mappe mit gut dreißig Bildern, Aquarellen, Federzeichnungen, Ölbildern. Zumeist kleinformatig. Sie sind in den letzten zehn Jahren entstanden. Federzeichnungen von Glasblöcken, in denen überdimensionale Figuren eingesperrt sind. Oder stehen sie nur hinter gläsernen Wänden mit unbeweglichen, maskenhaften Gesichtern? Starren nach Draußen oder nach Innen? Stillleben mit Kohlestift gezeichnet. Eine halb gefüllte Teekanne. Nein, sie war nur zu einem Viertel gefüllt. Sie stand auf keinem Tisch, sondern schien in einem kubischen Raum zu schweben. Aber auch farbige Aquarelle – von einer Gebirgskette, die sich in den Himmel schwingt, von einem hell erleuchteten Haus, das sich von blauer Dunkelheit abhebt. Von einer Frau in Harlekinkleidern, deren untere Gesichtshälfte von einem winzigen, zarten, roten Mund und einer ebenso zarten, kleinen Nase beherrscht wird. Bei der oberen hingegen füllt ein winziger Embryo das linke Auge aus, das rechte besteht aus einer versteinerten Schnecke, die in dünne, kappenähnliche Haare übergeht. Vanessa fand das Frauenbild schrecklich. Diese gruseligen Augen. Warum sie nicht schöne, ausgewogene Gesichter male?

6. Kapitel

Am einunddreißigsten Dezember gegen 20 Uhr wollen Dieter und Vanessa zum Festspielhaus fahren. Dieter hat Karten für das Galadiner mit anschließendem Silvesterball gekauft. Als es an der Tür klingelt, ist Dieter sofort zur Stelle, um die Tür zu öffnen. Vanessa glaubt ihren Augen nicht zu trauen, als sie eine lebendige Schaufensterpuppe in hellem Bouclé-Mantel eintreten und ihren Dieter umarmen sieht. Aber Dieter ist gar nicht erstaunt, sondern hocherfreut - so, wie er die lebende Puppe umarmt. „Das ist Sibylle", ruft er durch den Flur Vanessa zu, die zur Salzsäule erstarrt im Wohnzimmer steht und schaut und ihren Augen immer noch nicht traut. „Meine Bekannte, die Kosmetikerin aus Esslingen, von der ich dir schon erzählt habe. Vor einem Monat rief sie mich an. Ob sie uns nicht auf den Silvesterball begleiten könne? Da hab´ ich eben auch eine Karte für sie besorgt. Du hast doch nichts dagegen?" – Vanessa bemüht sie sehr, die Contenance zu wahren, obgleich sie der Fleischpuppe am liebsten ein Bein stellen, ihr gegen das Schienbein treten möchte. Wie alt ist denn diese Sibylle? Kaum älter als Anfang dreißig. Was will sie von ihrem, Vanessas, Dieter? „Vanessa Kandel. Sehr erfreut, Sie kennen zu lernen. Kommen Sie doch herein, Frau …?" flötet sie stattdessen. Ein Lächeln hat sich in ihr Gesicht gestanzt. - „Sibylle Wengerl. Aber nennen Sie mich nur Sibylle. Dieter hat mir schon viel von Ihnen erzählt." – Auch noch das, was er ihr wohl über mich erzählt hat, denkt Vanessa, während die unsichtbare Stanze ihr Lächeln tiefer einkerbt.

Zu dritt fahren sie in Dieters BMW zum Festspielhaus. Ein Heer von Riesenechsen schiebt silbrige Schuppenpanzer über Wege und Wiesen bis nah an die Häuser heran. Langsam kommen sie angekrochen. Wie die weichen Unterleiber der vorzeitlichen Krustentiere quillt dunkler Morast an den Schuppenrändern

hervor. Im Festspielhaus schreiten die festlich gewandeten Gäste, in Abendkleidern oder Smoking, die breite Treppe zur Belle Etage empor, wo sich Ball- und Speisesaal befinden.
Die Kronleuchter im Speisesaal senden immer neue Lichtkegel in den Raum, die sich zu breiten Bahnen verdichten. Auf ihnen geleiten die Kellner die Gäste zu ihren Tischen. In ihrem weißen Brokatkleid mit den Silber-Pailletten fühlt sich Vanessa wie ein schimmerndes Krustentier, unter dessen Kruste es brodelt. Doch der brodelnde Hass auf Dieter, die brodelnde Eifersucht auf Sibylle müssen unter der Kruste bleiben, wenigstens solange sie sich in diesen festlichen Hallen aufhält. Obgleich sie der Gliederpuppe die Arme auskugeln möchte. Bei Tisch rahmen Sibylle und sie selbst Dieter ein, eine zu seiner rechten, eine zu seiner linken. Sibylle plappert munter drauflos, von ihren Kundinnen, Direktorengattinnen, Sängerinnen, Schauspielerinnen, von den neusten Pflegeprodukten...Und Vanessa hat schon längst die Maske des Dauerlächelns über ihr Gesicht gestülpt, bevor sie anfängt, von ihren beiden erwachsenen wohlgeratenen Söhnen zu schwärmen. Und Dieter? Der hat sich in seinem Armsessel zurückgelehnt. Er scheint kein bisschen verlegen. Im Gegenteil, er lächelt genüsslich. Er genießt es, dass die beiden Frauen um seine Gunst balzen. Seine Konversation beschränkt sich auf ein paar Sentenzen wie „Ja, wirklich" oder „Das ist ja grandios" oder „Famos". Er weiß, dass ihm zumindest Vanessa am liebsten die Augen auskratzen möchte, aber er weiß auch, dass sie es hier und jetzt nicht tun wird. Comme il faut.
Bald fließt der Champagner in Strömen, die Kellner tragen immer neue Gänge heran. Diverse Musikbands treten auf, lassen ein Tongewitter auf die Gäste donnern. Um Mitternacht steigen die ersten Knallkörper krachend zum Himmel. In immer neuen Kometenschweifen färben sie ihn rot, violett, smaragdgrün, goldrot. Dieter umarmt seine Damen, wünscht ihnen Prosit Neujahr. Sie umarmen auch ihn. Wünschen ihm Prosit Neujahr. Er wünscht, dass sie sich auch gegenseitig umarmen. Sich

gegenseitig Prosit Neujahr wünschen. Dann wechseln alle in den angrenzenden Ballsaal. Vanessa, in ihrem Krustenpanzer, kann kaum noch die Beine bewegen, geschweige denn schwingen. Ihre zuckenden Emotionen müssen unter der makellosen Schalenkruste bleiben. Dieter ist ihrer beider Zahlmeister, er hat alle Karten für diese Silvesterfeier gezahlt. Ihr Liebesmeister. Er bestimmt den Takt, nach dem sie zu tanzen haben.
Gegen drei Uhr bestellt Dieter ein Taxi, in dem sie nach Hause chauffiert werden. Seinen BMW lässt er in der Tiefgarage des Festspielhauses stehen. Morgen wird er ihn abholen. Vielleicht auch erst übermorgen.

Zu Hause fällt Vanessa neben Dieter ins Doppelbett und in ein paar Stunden traumlosen Schlaf. Erst als sie erwacht, steigt sie aus dem Brokatkleid. Ihrer zweiten Haut. Gleichzeitig schuppt sich ihr Schuppenpanzer. Ihre Wut quillt giftig hervor. Sie zerrt am schlafenden Dieter, bis der grunzende Laute von sich gibt. Sie wühlt im Kleiderschrank, greift nach einem Strickkleid, das sich jederzeit als Strick verwenden ließe. Für sich oder für Dieter. Oder doch lieber für den verhassten Eindringling Sibylle, die im Gästezimmer schläft. Aber dazu fehlt ihr der Mut. Stattdessen schlüpft sie ins mausgrau Gestrickte, während sie weiter an Dieter zieht und zerrt, bis der endlich aufwacht. Sie schreit, sie heult. Was er sich wohl einbilde. Mit seinem verlogenen Gerede von gleicher Augenhöhe. Er sei doch der letzte angegraute Pascha, der ihr je begegnet sei. Wie stehe es nun tatsächlich mit seinem Verhältnis zu Sibylle. Von der er nur hie und da als seiner Bekannten geredet habe.
Dieter druckst herum. Windet sich in seine Hose, sein Hemd, während er sich aus dieser grässlichen Szene herauswinden möchte. Aber Vanessa insistiert. Will die Wahrheit wissen.
  Ob sie im Ernst glaube, dass es ihm sonderlich Spaß mache, wegen ihr ständig Viagra schlucken zu müssen? Sie sähe wohl für ihr Alter gut aus, aber bei einer hübschen Dreißigjährigen käme er mit der Hälfte der Viagra-Menge aus, die er für das

Liebesspiel mit ihr brauche. Warum könne sie sich nicht mit einer ménage à trois[14] zufrieden geben? Warum sei sie so besitzergreifend? So kleinbürgerlich?
Vanessa zerfließt in Tränen. Mit fahrigen Fingern stopft sie ihre seidenen Dessous, filigranen Nachthemden und ihr Brokatkleid in ihre beiden Koffer und tritt die zweite Flucht an. Wohin soll sie fliehen? Nach Hause zu ihren Söhnen? Sie kann sich schon deren unverhohlene Schadenfreude vorstellen, wenn sie wie eine geprügelte Hündin dort ankommt. Soll sie sich in einem Hotelzimmer einlogieren? Das dürfte an Neujahr schwierig werden, wenn sie nicht mit der letzten Spelunke vorlieb nehmen will. Als Frau alleine an Neujahr in einem Hotel? Von Gästen und Personal mit herablassend-mitleidigen Blicken verfolgt? Als streunende Kätzin zum Katzentisch geführt? Was ist ihr Berufsstatus jetzt schon wert, wenn er nicht durch männliche Begleitung aufgewertet wird? Ihr Selbst-Bewusstsein beginnt zu zusammen zu schnurren – von der Studiendirektorin zum herrenlosen Hündchen, das Gefahr läuft, von allen Rudeln und gepaarten Paaren verscheucht zu werden.
Sie fährt ziellos durch die Gegend. Irgendwann steuert sie den Bahnhof von K. an in der Hoffnung, dort wenigstens einen Kaffee zu trinken. Der Coffee Shop ist geöffnet. Außer ihr lungern nur ein paar abgerissene, verschlafene Gestalten herum. Während sie die dunkelbraune, heiße Brühe in die Kehle gießt, fällt ihr Susanne ein. Ihre treue Freundin. Die jetzt gewiss allein in ihrer Ferienwohnung sitzt. Oder fledermausgleich umherhuscht. Die wird sie jetzt anrufen.

---

[14] frz. Dreiecksbeziehung

7. Kapitel

Bevor Susanne Sabine am 27.12. am Bahnhof abholte, rief sie unter der von den drei Hexen hinterlassenen Telefonnummer an. Bürgerbüro Baden-Baden. Ob sie noch eigene Bilder zu der alternativen Ausstellung für Hobbymaler beisteuern könne? Ja, es sei wohl reichlich spät, aber sie solle sich direkt an die Veranstalterin, Frau Berger, wenden. Von dieser erfuhr sie, dass sie ihre Bildermappe heute bei ihr vorbeibringen könne. Sophienstr. 15. Ab 16 Uhr.

Ein dichtes Gewebe aus kalter, milchig-weißer Luft, in das sich einzelne Schneeflocken verfingen, streifte ihre Wangen, als sie aus dem Wagen stieg. Sabines Gesicht. Wie ein kleiner, rosiger Mond lugte er aus der wattierten Kapuze hervor. Auf der Fahrt zum Weihnachtsmarkt in Baden-Baden erzählte sie von den lieben Verwandten, die wie Heuschreckenschwärme am zweiten Weihnachtsfeiertag zu Hause eingefallen seien. Onkel Max und Tante Grete. Cousin Markus mit Frau und Kind. Onkel Albert und Tante Anna. Die lumpigen Geschenke, die sie mitgebracht hätten. Einen Schal und noch einen Schal. Rot-grün kariert oder blau-grün kariert. Fäustlinge in allen Farben. Sieben Pralinenschachteln in unterschiedlichen Größen. Susanne dagegen verschwieg lieber den Weihnachtsbesuch der Spitzhütinnen.

Später, die Mappe mit zehn ausgesuchten Bildern trägt Susanne in einer dünnen Einkaufstasche über der Schulter, gehen beide gemeinsam über den Weihnachtsmarkt, trinken zuckersüßen Glühwein, essen jede eine Bratwurst, die vor Fett trieft. Mit Senf und labbrigem Brötchen. Beim Gang über den Markt hat sich Susanne immer wieder umgeschaut, aber nirgends konnte sie den Schatten der drei Zauberhexen entdecken, weder über den Buden noch neben noch vor oder hinter den Knusperhäuschen.

Erst gegen 15.30 sagt sie Sabine, dass sie an einer Ausstellung für Hobby-Maler und -Malerinnen am 30. 12. teilnehmen möchte. Wo die stattfinde? Im Alten Dampfbad in Baden-Baden. Deshalb müsse sie jetzt ihre Bilder-Mappe einer Frau Berger in die Sophienstraße 15 bringen. Ob Sabine mitkommen wolle? Aber diese möchte lieber auf dem Markt bleiben. Als Treffpunkt vereinbaren sie den Stand mit den heißen Maronen an der Ecke zur Kaiserallee.

Die nächsten Tage sind ausfüllt mit Shoppen. In Baden-Baden, Bühl und Rastatt. Fast in allen Modehäusern und Boutiquen locken reduzierte Preisangebote. Sabine steigt in und aus Hosen, Cordhosen, Jeanshosen, Tuchhosen, marineblaue, rostrote, honiggelbe. Nein, doch nicht diese, hier quillt Fettgewebe an den Unterschenkeln hervor. Dann lieber jene graublaue Stretch-Hose, die Bauch und Po strafft. Und dazu noch ein Twinset. Perlmutterfarbig, doch nicht Größe 38, darin sehe sie ja aus wie Wurst in Pelle. Die Verkäuferin eilt weg und apportiert wenig später dasselbe Twinset in Größe 40, das auch nicht so recht passen will. Größe 42 fällt dann gefällig über Sabines üppigen Busen. Susanne, die in der Zwischenzeit auf einem Stuhl ausgeharrt hat, wird mit einem Mal auch vom Schnäppchenjagdfieber gepackt. Jetzt wühlt sie sich zusammen mit Sabine durch die Kleiderständer, bis sie beide zwei Abendkleider ergattern. Silbrig glänzend, schuppenhäutig. Weder aus Brokat noch aus Seide, sondern aus schlichtem Polyester. Mit fünfzigprozentigem Preisnachlass.

Am 30.12. fahren beide gegen 15 Uhr zum Alten Dampfbad am Marktplatz. Frau Berger hat die zehn Bilder Cornelias Mappe entnommen und versprochen, diese in die Ausstellung aufzunehmen.

An die zwanzig Besucher sind anwesend, vielleicht weniger aus Kunstinteresse als vielmehr wegen der Aussicht auf Glühwein, Weihnachtsgebäck und Christstollen, die an einer Theke für je einen Euro zu haben sind.

Susannes bereut schon, überhaupt gekommen zu sein, aber Sabine ist anscheinend in ihrem Element. Schenkt an der Theke Glühwein ein. Unterhält sich mit einigen Besuchern. Drei Frauen schauen sich interessiert ihre, Susannes, Bilder, an. Eine junge mit dichten, kastanienroten Haaren, die zu einem Pferdeschwanz zusammen gebunden sind. Daneben zwei grauhaarige. Wieder die Spaziergängerinnen, die Flugbegleiterinnen, die Spitzhütinnen? Die lassen sie anscheinend nicht mehr in Ruhe. Jetzt erst sieht sie einen untersetzten, weißhaarigen Mann neben den dreien stehen. Auch er scheint von Susannes Bildern beeindruckt. Sie tritt unauffällig näher an die Gruppe heran. „Ganz eigener Stil, der unter den vielen handwerklich ganz nett gemachten Bildchen heraussticht", hört sie den älteren Herrn sagen.

Da haben ihre Bekannten sie entdeckt und stellen sie dem älteren Mann, einem Kunsthändler, vor. Der kann es kaum glauben, dass Susanne nur Hobbymalerin ist. Bescheinigt ihr ein beachtliches Talent. Er sei immer auf der Suche nach Neuem, Überraschendem. Er schlägt vor, die Bilder, alle zusammen, einem befreundeten Kunstexperten zu zeigen. Jetzt melden sich die drei Frauen zu Wort. „Wir treffen Herrn Kramer auf der Silvesterparty im „Rasputin", einer Tanzbar in Haueneberstein. Wollen Sie nicht alleine oder mit einer Freundin dorthin kommen? Sie haben doch schon zwei Eintrittskarten für diese Silvesterparty...."

Natürlich wird sie kommen, wenn dies nicht alles ein Traum ist, aus dem sie in ein paar Minuten, spätestens morgen, erwachen wird.

8. Kapitel

Das 'Rasputin'. Ein riesiger Saal, dessen Wände fünf Meter in die Höhe strebten. Als Sabine und Susanne am 31. 12. gegen 22 Uhr dort auftauchten, hämmerte und fiedelte eine Musikband bereits auf der Bühne. Zu dem wilden Reigen drehten sich zumeist einzelne Gestalten ekstatisch in alle Himmelsrichtungen. Von Sabine und Susanne abgesehen, trugen fast alle Fantasiekostüme: Pluderhosen und Samtjackets, violett, purpurrot und smaragdgrün glitzernde lange Seiden-, Samt- oder Brokatgewänder; manche extravagante Frisur schmückte eine Pfauenfeder, auf manchem Kopf thronte ein Spitzhut, ähnlich den Hüten jener drei Frauen. Doch so sehr Susanne die Augen anstrengte, sie konnte die drei nirgends entdecken. Dafür jedoch an der einen Längsseite des Saals ein mit Schüsseln, Tellern, Töpfen und Tiegeln überbordetes Büffet.

Kellner und Kellnerinnen versorgen die Gäste mit Sekt, Cocktails, Longdrinks... Auf der Tanzfläche wogen die Leiber, junge, alte und mittelalte, weit mehr Frauen als Männer, dazwischen kollern die Töne von der Bühne oder sie fliegen wie Wurfgeschosse durch das Riesengewölbe. Sabine und Susanne haben mittlerweile ein Tischchen für sich ergattert, nicht einmal einen Katzentisch, denn die Hälfte der vorhandenen Tische ist nicht viel größer als ihrer. Er steht in der Nähe des Ausgangs, was Susanne angenehm auffällt, weil sich damit jederzeit ein Fluchtweg eröffnet.

Sie isst ein Seelachsbrötchen nach dem andern, auch Sabine stopft sich mit Appetithappen voll. Leicht beschwipst durch den ungewohnten Alkoholkonsum verrenken später auch sie Arme und Beine zu den Klangkavalkaden, die vom Podium schallen.

Als Susanne wieder zu ihrem Tisch zurückkehrt, sieht sie die drei vertrauten Gestalten an einem der Nebentische. Zwei ältere Männer in ihrer Mitte. Nicht nur den Kunsthändler, noch einen hochgewachsenen, knochigen. Sie scheinen so eifrig ins Gespräch vertieft, dass sie Susanne erst bemerken, als diese sie begrüßt. Laut, fast schreiend, um sich bei dem Stimmenwirrwarr Gehör zu verschaffen. „Wir haben schon befürchtet, Sie würden sich an Sylvester zu Hause verkriechen. Ist Ihre Freundin auch da?" – Noch bevor Susanne antworten kann, die Freundin bewege sich auf der Tanzfläche, sagt der Kunsthändler: „Wir haben gerade von Ihnen gesprochen. Weniger von Ihnen als vielmehr von Ihren Bildern. Nicht wahr, Stefan?- Darf ich vorstellen – Herr Giersch, Dozent an der Kunsthochschule D. – Frau Susanne Weber." – „Ja, tatsächlich, man sieht so viel Stümperhaftes von Hobbymalern, man erwartet auch kaum etwas anderes, so dass man bei Ihren Bildern automatisch an Séraphine de Senlis[15] denkt. Nicht, was die Motive, die Raum- und Formgestaltung, auch nicht, was die Farbgebung angeht. Nur in puncto ungewohntem Stil. „Wir sind nicht hier, um Lobeshymnen zu singen, sondern um Handfestes zu besprechen", fügt Kunsthändler Kramer hinzu. „Ich habe bereits mit dem leitenden Redakteur der Karlsruher Tageszeitung telefoniert. Zur Zeit läuft eine Serie über Hobbyautoren und Hobbymaler, die in Interviews porträtiert werden. Nicht nur aus dieser Region. Wenn Sie einverstanden sind, werden Sie nächste Woche zu solch einem Interview in die Büroräume der Zeitung eingeladen. In der übernächsten Woche würde es dann, ergänzt durch Fotos einiger Ihrer Bilder, in der Zeitung erscheinen. Am besten mit Ihrem Konterfei."

---

[15] https://en.wikipedia.org/wiki/Seraphine_Louis

Will sie sich interviewen lassen? Will sie es nicht? Sie weiß es selbst nicht. Während sie noch mit der Antwort zögert, spricht Herr Giersch schon von einer Kunstaustellung in F., die wohl erst Anfang April standfände, der Einsendeschluss für die Eingabe von Gemälden, Zeichnungen etc. sei jedoch der 31. Januar. Wenn sie zustimme, würde er gerne einiger ihrer Bilder einschicken. Er hat noch weitere Namen, Adressen, Telefonnummern parat, von kleineren Galerien in M. in S. in B., sogar in H., Susannes Hauptwohnsitz.

Warum soll sie sich nicht interviewen lassen? Die Aufmunterung der drei Frauen, des Kunsthändlers und Kunstdozenten, die gleichzeitig auf sie einreden, sich diese Chance nicht entgehen zu lassen, ist nicht mehr nötig. Auch nicht Sabines 'Ja, mach' doch'. Sie hat ausgetanzt und sich zu ihnen gesellt. Ja, Susanne wird sich interviewen, sie wird, wenn möglich, ein paar Bilder in F. ausstellen lassen, sie wird ihr Licht wenigstens nicht selbst unter den Scheffel stellen. Es genügt, dass andere dies in ihrem bisherigen Leben immer wieder für sie getan haben.

Vor dem Rasputin knallen plötzlich Feuerwerkskörper, drinnen im Saal knallen Sektpfropfen. Prosit Neujahr schallt es von allen Seiten. Susanne und Sabine stoßen miteinander an, sie stoßen mit den Spitzhütinnen an. Mit dem Kunstmakler und dem Kunstdozenten.

Zu schmissigen Jazzklängen schwingen die Gäste die Beine. Haken sich gegenseitig ein. Wirbeln kreuz und quer durch den Saal. Während draußen die Böllerschüsse knallen, schwenken manche ihre spitzen Hüte, als wollten sie nicht nur ein neues Jahr, sondern ein neues Zeitalter begrüßen.

Gegen fünf Uhr morgens kommen Susanne und Sabine nach Hause. Beschwipst und hundemüde fallen sie ins Bett. Als

Susanne gegen 11 Uhr aufsteht, um ein Katerfrühstück zuzubereiten, Heringshappen in Dillsauce, sieht sie, dass der Anrufbeantworter blinkt. Sie hört Vanessas Stimme. Dieters Sohn sei plötzlich erkrankt und ins Krankenhaus eingeliefert worden. Natürlich müsse Dieter jetzt bei seinem Sohn sein. Ob sie nicht ein paar Tage bei Susanne verbringen könne? Bitte so rasch wie möglich unter Vanessas Handy-Nummer zurückrufen. Bitte. Bitte. Bitteeee.

Susanne zögert. Soll sie? Soll sie nicht? Schon morgen wird das Interview stattfinden, sie will sich darauf vorbereiten. Die Fahrt zum Pressegebäude, das Interview selbst, alles kostet Zeit. Und die nächsten Tage? Sie will mit Sabine Ausflüge zum Titisee, zur Hornisgrinde, nach Freudenstadt, nach Neustadt unternehmen. Auch mit Vanessa? Die würde gewiss keine Gelegenheit zur Selbstinszenierung ungenutzt verstreichen lassen.

Nein. Dieses Mal wird sie sich nicht manipulieren, sich nicht wie eine Schachfigur hin und herschieben lassen. Sie ist es leid, als Lückenbüßerin zu fungieren, wenn bei Vanessa Not am Mann ist. Im wörtlichen Sinn.

Am Abend. Der Anrufbeantworter. Blinkt und blinzelt. Hellgrün. Flaschengrün. Vanessas Stimme. „Ruf doch zurück. Unter meiner Handynummer. Bitte. Bitte. Bitte."

Am nächsten Tag kommen fünf Anrufe von Vanessa. Drei Mal ist Susanne nicht zu Hause. Beim vierten ist sie da. Nimmt den Hörer ab. Sagt Vanessa klipp und klar, dass nun sie keine Zeit für Vanessas Besuch habe. Sabine sei bei ihr zu Gast. Im Übrigen sei sie beschäftigt. Heute ein Interview mit einem Zeitungsreporter. In den nächsten Tagen weitere Terminabsprachen wegen Ausstellungen. Ja, ihre eigenen Bilder würden ausgestellt. Sie lässt sich von Vanessas leisen Schluchz-Lauten nicht beirren, sondern beendet das Gespräch mit einem forschen „Tschüs" und „ein gutes neues Jahr".

9. Kapitel

Jetzt ist ihr auch noch Susanne untreu geworden. Die verhuschte Susanne ist an Neujahr nicht zu Hause. Hat sie Besuch oder nimmt sie einfach nicht ab? War sie womöglich auf einer Silvesterparty? Vanessa kann sich das kaum vorstellen. Oder ist sie ihr noch gram wegen ihrer Telefonabsage am 22. 12.?

Über Vanessas Porzellangesichtchen quellen immer neue Tränen. Schemenhaft erkennt sie die Fahrzeuge der

Straßenreinigung, die mit ihren schaufelartigen Kehrbesen die Patronenhülsen der Feuerwerkskörper aufsammeln. Das ausgelaufene Mascara brennt in den Augen, sie fingert in ihrem Handtäschchen nach dem Kosmetikspiegel. Dracula-Augen. Krähenaugen. Sie wischt und wischt. Bis die Augenschminke einigermaßen entfernt ist. Aber jetzt ist nicht nur der Augapfel gerötet, sondern auch die Augenlieder, die Nase weinrot. Mit gesenktem Kopf steigt sie aus dem Wagen, öffnet den Kofferraum. Ihr Kosmetikkoffer. Wenigstens ist der griffbereit. Auf dem Fahrersitz beginnt nun die aufwendige und kunstvolle Verschönerung, die sie wenigstens ablenkt. Auf den Straßen sieht man jetzt einzelne Fahrzeuge, sogar ein paar Fußgänger auf den Bürgersteigen. Sie will sich nicht länger in K. aufhalten. Sonst begegnet sie noch ihren Söhnen oder Bekannten, die sie alle bei Dieter in W. glauben. Zielloses Fahren. Die langen, langen Straßen lang, bis sie die Ausschilderung zur Autobahnauffahrt entdeckt. Sie fährt auf die A5 Richtung F., das immerhin 90 km von Karlsruhe entfernt ist. An einer Autobahnraststätte macht sie Halt. Isst dort irgendein pappiges Gulasch mit ebenso pappigem Kartoffelpüree und einer brühigen Soße. Spült alles mit viel Selterswasser die Kehle hinunter. Gibt es ein IBIS-Hotel in F. ? Oder das ETAP? Sie googelt auf ihrem Smartphone, bis sie Adresse und Telefonnummer einer dieser Hotelketten findet. Ob sie noch ein Einzelzimmer mit Frühstück frei hätten? Ja? Für eine Übernachtung? Ja? Dann wolle sie bitte auf den Namen Kandel buchen. Vanessa Kandel. Nein, sie zahle nicht bar, sondern mit Scheckkarte. Auf Wiederhören.

Sie gibt die Hoteladresse im Navi ein und schwenkt wieder auf die A5 Richtung F.

Am nächsten Morgen im Frühstücksraum des Hotels. Internationale und nationale Geschäftsleute. Umlagern das Frühstücksbüfett. In uniformem Businessdress und zumeist mit ebenso uniformen Gesichtern. Ihre Tabletts vollgeladen stelzen sie stramm und straff zu ihren Tischen. Eine der wenigen Kellnerinnen will Vanessa schon zu einem Katzentisch hinter der Garderobe dirigieren und bewilligt ihr erst nach deren heftigem Protest einen komfortableren an der Fensterfront.

Die in kurzen Intervallen zuschlagende Aufzugstür neben ihrem Zimmer. Sie hat ihre eh schon strapazierten Nerven blank gescheuert. Ihr Handkoffer ist schnell gepackt, die beiden großen liegen unangetastet im Kofferraum. Ebenso schnell setzt sie eine Direktorinnenmiene auf, bevor sie an der Rezeption auscheckt. Fährt Richtung Hauptbahnhof. Innenstadt. Gott sei Dank nicht mehr die geisterhafte Stille von Neujahr, sondern geschäftiges Treiben. Immer wieder versucht sie, Susanne anzurufen. Sie spricht und schluchzt auf den Anrufbeantworter. Sie schickt eine SMS nach der andern. Bitte zurückrufen. Sofort. An einem Zeitungskiosk kauft sie sich Zeitungen, die FAZ, die Süddeutsche, die Frankfurter Rundschau. Setzt sich ins nächstbeste Café. Bestellt einen Latte Macchiato. Versucht, wenigstens die Titelblätter zu lesen. Warum muss ausgerechnet ihr so etwas passieren? Von ihrem Dieter wegen einer dreißig Jahre jüngeren Schnepfe abserviert zu werden? Womit hatte sie das verdient? Hat sie nicht immer alles getan, um dem Bild einer begehrenswerten Frau zu entsprechen? Lange genug war sie – trotz aller Ehekrisen – eine gute Mutter. Zumindest eine pflichtbewusste. Hat sie nicht das Recht, jetzt endlich das Leben, oder das, was vom Leben übrig blieb, zu genießen? Und nun auch noch Susanne, die sich tot stellt. Wozu waren denn solche Freundinnen da, wenn nicht um Trost zu spenden, wenn man trostbedürftig war?

Der Latte Macchiato weckt nicht nur ihre Lebensgeister, sondern auch ihren Kampfgeist. Sie ruft nicht mehr Susanne, sondern die 11833 an. Sie lässt sich mit dem Steigenberger Hotel in Bad. H.

verbinden. Sie fragt dort an, ob noch Einzelzimmer für eine
Übernachtung frei seien. Für welche Kategorie sie ein Zimmer
buchen wolle? Vanessa wählt die de Luxe- Klasse. Mit
Internetzugang und Benutzung des Wellness-Bereichs. Mit
Rücken-Nacken-Massage. Rücken-Nacken-Massage mit heißer
Rolle, Ganzkörpermassage. Lymphdrainage mit
Ganzkörperbehandlung. Anti-Age-Power-Gesichtsbehandlung.
Nicht nur mit üppigem Frühstücksbuffet , sondern auch mit Gala-
Dinner in der Brasserie.

Dann zieht sie von einer Modeboutique in der Nobelstraße F.s
zur anderen, sie weiß im Nachhinein nicht mehr, in wie viele
Kleider mit und ohne Seitenschlitze, in wie viele halblange,
bodenlange und kurze Röcke sie geschlüpft ist. Sich von allen
Seiten bespiegelt, immer wieder die Verkäuferinnen um
ästhetischen Rat gefragt hat. Das Resultat ihrer Shopping Tour
kann sich sehen lassen, zwei prall gefüllte mit dem Label der
diversen Modehäuser verzierte Tragetaschen.

Abends in ihrer de Luxe Suite, denn Einzelzimmer ist nun
wirklich eine Untertreibung, rafft sie sich noch einmal auf. Wählt
noch einmal Susannes Nummer. Und hat wirklich Susanne in
persona an der Strippe, die behauptet, sie sei wegen ihrer Bilder
vom Karlsruher Tagesblatt interviewt worden. Wegen ihrer
skurril-monströsen Bilder? Mit den verzerrten Perspektiven, den
schrillen Disharmonien? Der aufdringlichen Symbolik? Na ja, was
galt heute nicht alles als Kunst, vielleicht auch die Kopffüßler von
Vierjährigen. Und übrigens habe sie Besuch, hat Susanne noch
gesagt. Sabine sei da, bleibe auch bis zu ihrer gemeinsamen
Rückfahrt am 6. 1.

- Na und? Ist Susannes Ferienwohnung mit ihren 80 qm nicht
groß genug für drei Gäste - mindestens? Nun ja, es ist
offensichtlich, auch ihre alte, mausgraue Freundin ist ihr treulos

geworden. Sie denkt an Dieter. An das, was er ihr an den Kopf geworfen hat. An diese Schnepfe, die ihren Dieter gestohlen hat.

Um sich abzulenken, schaltet sie den Laptop ein. Googelt erst wahllos hin und her. Dann gibt sie das Stichwort Parship ein. Das Partnerschaftsportal für gehobene Ansprüche. Elitepartner. Morgen wird sie eine Annonce schalten. Sie wird weiter suchen bis ans Ende ihrer Tage. Nach dem Einzigen. Dem Wahren. Wirklichen. Dem Mann ihrer Träume.

10. Kapitel

Viele der kleinen und großen Schnee- und Eisechsen hatten ihre Panzer abgeworfen, als Susanne und Sabine am 6. 1. zurück nach H. fuhren. In Susannes Handtasche steckte das im Karlsruher Tagesblatt erschienene halbseitige Interview, welches durchaus positiv gehalten war, sogar eine schmeichelhafte Porträtaufnahme zeigte und aus dem hervorging, dass nicht nur dreißig ihrer Bilder bis zum März im Alten Dampfbad, Baden-Baden, zu besichtigen seien, sondern dass auch eine Ausstellung in M. geplant sei.

In ihrer Handtasche steckte auch ein Zettel mit Adressen und Telefonnummern, den ihr die Spitzhütinnen, die Besenreiterinnen, gegeben hatten. Für die Begegnung mit anderen ihrer Art.

Verfolgerwahn

... Da es mir widerstrebt, mich wie eine Ware anzupreisen, sei nur so viel zu meiner Person gesagt: Ich bin 27 Jahre, Studienassessorin, zierlich, mit rotbraunen Haaren, und würde gerne einen sensiblen, liebevollen Mann kennenlernen...

Holger Kopke hatte sich im Wohnzimmer seiner Parterrewohnung in einen Korbsessel gefläzt. Sein Gesicht hing über einer Heiratsannonce in 'Die Zeit'. Streng genommen nicht nur über einer, sondern auch über den vielen anderen, in denen sich weibliche Wünsche ausbreiteten...*Junge, akademisch gebildete Mutter mit Kind. Sucht einen Grandseigneur...oder Jagdhunde, Fitness, Segelyacht und einiges mehr – das sind meine Interessen. Schick, schlank, schön und mit exquisiten Manieren kann ich auch noch bieten. Ich suche einen Mann, der nicht nur ebensolche Interessen und Eigenschaften vorweisen, sondern mir auch einen luxuriösen Lebensstil bieten kann. Und, last but not least, mindestens 185 cm groß ist.*

Holger schaute immer wieder gebannt zur Zimmerdecke. Zu einem feinmaschigen Spinnennetz. Schon seit Tagen spann die für ihn unsichtbar bleibende Spinne – wo sie sich immer nur versteckt hielt – beharrlich ihre Fäden. Fäden dünner als Haare. Fäden, versilbert durch das hereinfallende Sonnenlicht.

War er so tief gesunken? Er, der frühere Mädchenschwarm? Dass er nun im trüben Teich der Heiratsannoncen fischen musste. Welche Ansprüche diese Weiber hatten. An ihnen gemessen nahm sich das Inserat der Rothaarigen bescheiden aus.

Er legte das Zeitungsblatt beiseite. Streckte die Beine aus, die in zerbeulten Jeans steckten. Holte einen Besen und eine Trittleiter aus der an die Küche angrenzende Besenkammer, stieg auf die Leiter und begann, mit dem langen Besenstiel in dem Spinnennetz zu stochern.

´...Die Spinne Langeweile...Fäden spinnt und ohne Eile...giftig grau die Wände hochkriecht. Wenn´s...und frisch gebohnert riecht...´ Franz Josef Degenhardts Lied fiel ihm ein, aber es passte nur so halb und halb zu seiner Lebenssituation, denn er lebte in Hamburg, hatte schon immer in Hamburg gelebt, nicht in einer kleinen Stadt, es war nicht Sonntag, sondern Mittwoch, es roch auch nicht frisch gebohnert, eher staubig. Frau Wiechert müsste mal wieder kommen und die Wohnung gründlich putzen, aber das Gefühl der Langeweile lähmte ihn schon lange, nicht nur heute, auch nicht besonders beim Anblick des Spinnennetzes, vielleicht doch, weil er in Routine und Stagnation eingesponnen war. Immerhin war er heute Abend bei Thomas Altendorf eingeladen, einem langjährigen Bekannten aus Kommunarden-Zeiten, die schon lange zurück lagen. Zehn Jahre mindestens.

Er studierte damals Sport und, nach dem Abbruch des Anglistikstudiums, Russisch an der Uni Hamburg, Thomas Germanistik und Philosophie. Thomas, der Senatorensohn, der – wie er selbst – an fast allen Teach-Ins, Sit-Ins, Go-Ins teilnahm. Vehement über Habermas, Marcuse, Horkheimer diskutierte. Ein Bürgersohn mit schlechtem Gewissen, der den Muff unter den Talaren mitsamt den miefigen Talaren-Trägern hinwegfegen wollte. Der selbst gerne Arbeitersohn gewesen wäre und deshalb alle Unterprivilegierte, eben auch Holger, hofierte. Was für tolle Weiber in ihren Meetings herumliefen, mit einem schliefen, Mann musste nur mit den Fingern schnippen und vor einer Sonja geheim halten...

Damals war er bereits ein Jahr mit Sonja verheiratet, der Tochter eines Studiendirektors, Thorsten war gerade ein halbes Jahr alt. Und nun war er seit zwei Jahren geschieden.

Er kann jetzt nicht länger mit Erinnerungen vertrödeln, es ist schon 19 Uhr, um 20 Uhr soll er in Harvestehude, Mittelweg Nr. 23 sein. Von Volksdorf bis dorthin sind es mindestens 30 Fahrminuten. Er muss sich noch duschen, was soll er anziehen? Wieder seine zerbeulten Jeans, er will sich wenigstens äußerlich von den feinen Pinkels absetzen, mit denen Thomas seit Neustem verkehrt.

Bevor er die Wohnung verlässt, liest er nochmals jene Annonce.

„Da es mir widerstrebt, mich wie eine Ware anzupreisen, sei nur so viel zu meiner Person gesagt. Ich bin 27 Jahre, Studienassessorin, zierlich, mit rotbraunen Haaren, und würde gerne einen sensiblen, liebevollen Mann kennen lernen."

Er kritzelt ein paar Zeilen auf eine Karte, steckt sie in einen Briefumschlag, auf den er die Adresse der Zeit-Redaktion, Abteilung Annonce, Chiffre 742 schreibt. Sucht noch nach einem Foto von sich, wühlt einen Stapel alter Zeitungen, Zeitschriften durch, findet nichts. Vielleicht in einem der alten Pappkartons, die er in der Abstellkammer aufbewahrt. Endlich findet er eines, es ist reichlich unvorteilhaft, wie breit seine Visage darauf aussieht, wie ausgerollter Nudelteig, aber es ist ihm jetzt egal, entweder antwortet die kleine Rote oder eben nicht.

Dann wirft er sich eine leichte Jacke über, setzt sich ans Steuer seines VW-Käfers, der mit Schrammen übersät ist.

In der Nähe des Villenviertels sieht er sie, die Elfen auf ihren Gazellen-Beinen, in deren Anblick er sich stundenlang versenken möchte, was jedoch nur selten möglich ist, weil die Elfen meist in Begleitung geschniegelter Anzugsträger daherkommen.

Durch die Rhododendronbüsche in Thomas´ Garten irrlichtern gelbe, rote und grüne Lampions, flattert Gelächter, schwirren einzelne Wörter, zusammenhanglos…"Beate soll…nein Thomas….Gläser……anfangen…fehlt noch…schon mal…" Ob sie nur noch auf ihn warten? Aber wozu diese Förmlichkeit? Er kennt den Weg durch das versteckte Gartentürchen, schleicht sich heran und steht plötzlich mitten unter den jungen Leuten. Nein, jung sind die meisten nicht mehr, sondern mittelalt wie er und Thomas. Thomas, arrivierter Chefredakteur beim Hamburger Abendblatt. Er hat in seine angestammten gesellschaftlichen Kreise zurück gefunden, seit er die weitläufige Villa seines Vaters, des Senators Dr. Altendorf, vor zwei Jahren erbte. Mit seiner Frau Gabriele und dem fünfjährigen Carl bewohnt er das Erdgeschoss und die Belle Etage, die Mutter hat er ins zweite Stockwerk verbannt.

„Na, alter Knabe, hast du doch noch den Weg hierher gefunden?" Wir dachten schon, du hättest uns abgeschrieben." Thomas, mit Bauch- und Glatzenansatz, ist nah an ihn herangetreten, so nah, dass es Holger peinlich wird, besonders, als jener seine schwere Hand auf Holgers Schulter fallen lässt. Nicht groß, aber schwergewichtig wirkt Thomas neben seiner grazilen, zartgesichtigen Gabriele. „Komm, probier´ unsere hausgemachte Waldmeisterbowle", dröhnt er. Geht zu einem der Holztische, die mit kalten Platten, Tellern, Gläsern und tiefen Schalen beladen sind. Er schöpft mit der Kelle die hellgrüne Flüssigkeit aus einer Schale in ein dickbauchiges Glas. Holger fasst danach, trinkt ohne Abzusetzen, schmeckt beim Trinken Waldboden, stellt sich vor, mit Gabriele allein zu sein im tiefen Tannengrün und Waldeinsamkeit, möchte, dass Thomas im Erdboden verschwindet mitsamt seinen Gästen, der Hamburger

Uppercrust, die Waldmeister Bowle trinkt, Lachs-, Kaviar, Camembert-Sandwiches verzehrt und schwadroniert. „Helmut Schmidt, der Wolf im Schafspelz", kaut ein langer Dürrer zwischen Pferdezähnen hervor. Und Thomas sekundiert: „Exakt. Er hat doch Ulrike Meinhof in den Selbstmord getrieben. Wenn sie es nur taktisch klüger angegangen wären. Nicht nur versucht hätten, die Köpfe der Kapitalisten-Hydra abzuhauen. Das weiß doch mittlerweile jeder, dass die Köpfe der Hydra immer nachwachsen." - „Sie hätten von den Nazis lernen sollen." Doktor D., ein kleiner drahtiger Herr um die vierzig, hat sich neben die beiden gestellt. „Wie die Nazis hätten sie die Massen mobilisieren, auf ihre Seite ziehen, den Marsch durch die Institutionen antreten, wie es Rudi Dutschke gelehrt hatte, die Machtübernahme durch parlamentarische Mehrheitsverhältnisse anstreben müssen." Es hat sich ein kleiner Kreis von Zuhörern und Zuhörerinnen um ihn gebildet, auch Holger gehört dazu. Er beobachtet fasziniert, wie der kleine Mann sich in Rage redet, gleichzeitig flirtet Holger mit Elke, einer Freundin von Thomas und Gabriele. Elke, zu drall und gedrungen für seinen Geschmack, lächelt ihn schelmisch an, fasst ihn bei der Hand und zieht ihn ein wenig abseits. Wie es ihm gehe, will sie wissen. Ob er immer noch oder schon wieder unbeweibt sei. Man habe sich ja schon lange nicht mehr gesehen. Nein, Egon, ihr Göttergatte, habe nicht mitkommen können. Er sei zu beschäftigt mit der Planung einer Häuserzeile. Holger lächelt auch, als er ihren immer festeren Händedruck spürt. Er flüstert ihr ins Ohr, wie bezaubernd sie aussehe, wühlt seinen blauen Blick in ihr volles Gesicht. Presst sich an sie. Verstohlen sieht er zum Kreis um Thomas und Gabriele hinüber, Neid ätzt ihm den Hals wie Magensäure, die den Schlund emporsteigt. Auch wenn er sich darüber ärgert. Gleichzeitig kotzt ihn ihre satte Klugscheißerei an. Er weiß, dass er zur Zeit nirgends richtig zu Hause ist. Gewissermaßen im Limbo schwebt.

„Holger, Holger, Hol-ger" klingt es wie ein Lockruf. „Hold oder Holder". Drei dünne, hochbeinige Frauen haben sich aus dem diskutierenden Circle gelöst, stelzen auf Elke und Holger zu, die sich im Abseits miteinander beschäftigen. Es sind Antje, Sabine und Susi, die er ebenfalls noch aus Studienzeiten kennt. Die sich ebenfalls in Ehe und/oder Beruf etabliert haben. Mit und ohne Kinder. Alle drei sympathisierten mit sozialistischen Ideen, wenn auch nur Susi einer Kommunarden-Zelle angehörte. „Jede gehört jedem", hört er sie sagen, als sie Elke beiseite schiebt, um ihn als Erste umarmen zu können. „Dass im logischen Umkehrschluss jeder jeder gehört, scheint den meisten Männern nicht zu behagen. Aber du warst auch in dieser Hinsicht schon immer eine rühmliche Ausnahme." Holger genießt es, von vier Frauen umgurrt zu werden, denn die dralle Elke lässt sich nicht so leicht abschütteln. Er lässt sich mit Dillhappen etc. füttern, lässt sein Glas mit Waldmeisterbowle nachfüllen. Das Gefühl von Neid ist verflogen, er gehört wieder dazu, wenigstens für den Augenblick, er ist mittendrin, er muss nicht wie der kleine Dr. D. polit-agitatorische Reden schwingen. Seine physische Präsenz genügt. Sie zieht sogar Gabriele, die vogelleichte, ätherische, in seinen Dunstkreis. Was wiederum Thomas anlockt, der sie nicht entschwinden sehen kann, auch nicht für ein paar Minuten, auch nicht auf ein paar Meter Entfernung. Er berührt leicht ihren Arm und kann oder will dann nicht mehr loslassen, so als klebe er als Hans im Glück an seiner goldenen Gazelle.

Holger kommt erst gegen drei Uhr morgens nach Hause, das macht aber nichts, da sein Unterricht erst um 10 Uhr beginnt – vier Stunden Sport und zwei Stunden Russisch in einer AG. Unterrichtsvorbereitung kann auf fünf Minuten reduziert werden. Er wird die Knaben der 9a und 9c am Barren turnen, über Pferde und Böcke springen und die Kletterwand erklimmen lassen.

Zum Mittagessen fährt er zu seiner Mutti, die in Billstedt im 16. Stock eines Hochhauses wohnt. Die Mutti ist vor Freude, ihren Göttersohn zu sehen, ganz aus dem Häuschen. Holger, ruft sie immer wieder, Holger, Holger, als wolle sie einen Vogel oder eine Katze zu sich heranlocken. Dabei schmiegt sie ihren kleinen Kopf an seinen Brustkorb, denn viel höher reicht sie nicht an ihn heran. Er lässt die Liebes- und Gunstbezeigungen über sich ergehen. Dann goutiert er den Rinderbraten mit Senfsoße, den sie ihm im Wohnzimmer serviert. Wie lange es her sei, dass er sie besucht habe? Nur zwei Monate? Sie habe geglaubt, es sei viel länger. Ob er nicht längst wieder eine Freundin habe? Er brauche es ihr nicht zu sagen, wenn er nicht wolle. Sie könnte es eh nie verstehen, wenn er keine hätte. Solch ein schöner, stattlicher Mann... Es seien ihm doch schon mit 14, 15 Jahren die Mädchen nachgelaufen. Er sei seinem Vater aus dem Gesicht geschnitten.

Als sie Holgers säuerliches Gesicht bemerkt, fügt sie hinzu. „Ich meine nicht, wie Vati aussah, als er 1953 aus der russischen Kriegsgefangenschaft kam. Abgerissen, halb verhungert, verlaust und zerlumpt. Mit einem kaputten Auge. Das rechte Auge hatten sie ihm eingedrückt, die Russenschweine. Die linke Hand zerquetscht. Aber was war er ein Bild von einem Mann in seiner schwarzen SS-Uniform, als ich ihn 1939 kennenlernte. Ein paar Monate vor Ausbruch des Kriegs. Bei einer NS-Tanzveranstaltung im Alster-Pavillon für BDM-Mädels, HJ und SS."

„Mutti, hör´ doch mit der alten Geschichte auf." Holger muss sich zusammen nehmen, damit er seine alte Mutti nicht anfährt. „Ich hör' ja schon auf, aber ich werd' doch noch die Wahrheit sagen dürfen." Sie zieht die Schultern hoch, als wolle sie ihren kleinen, alten Kopf zwischen ihnen verstecken. Sie wolle den Nachtisch holen, sagt sie, und weicht in die Küche aus.

1954, er war 11 Jahre, hatte er den schwarzen Gürtel mit den SS-Runen in einem Koffer aufgestöbert, der in der Besenkammer abgestellt war. Ein abgewetzter, aus den Fugen geratener Koffer. Als er in aller Unschuld den Vater danach fragte, wollte der ihn mit dem Lederriemen verprügeln. Aber er, sportlich wie er damals schon war, konnte ihm entwischen. Sich verstecken. Bis der Vater wieder, wie meistens, abwesend war. Er fand auch in Zeiten des beginnenden Wirtschaftswunders nur Gelegenheitsjobs, als Schrotthändlers, als Austräger von Zeitungen, als Postbote. Aber es gab keine Festanstellung, weil er überall Streit vom Zaun brach. Ein geschlagener Mann, der nicht nur im Suff um sich schlug und dem man besser aus dem Weg ging. Dass er sich noch mit ehemaligen SS- Kameraden traf, vermutete Holger. Denn woher kamen die Tausend DM-Scheine, die sein Vater manchmal aus der Brieftasche zog und seiner Mutter gab, damit sie längst fällige Rechnungen bezahlen konnte? Einige jener Kameraden hatten in der neu gegründeten BRD schnell Fuß gefasst, sogar als kleine und größere Unternehmer, als Journalisten und Juristen Karriere gemacht. Jedenfalls wurde der Vater Kassenwart bei der 1964 gegründeten NPD und bezog seit der Zeit ein bescheidenes Einkommen. Aber da war Holger schon 21 Jahre und längst nicht mehr zu Hause.

In der Küche hört er Mutti hantieren, mit Töpfen und Tellern klappern, macht sie jetzt schon den Abwasch? Er hört den Stabmixer surren. Wenig später kommt sie mit dem Nachtisch – Wackelpudding mit Schlagsahne. Vom Vater ist nicht mehr die Rede, stattdessen erzählt sie von den harten Nachkriegsjahren, in denen sie neben den Eisenbahnwaggons die herunterfallenden Kohlestückchen auflas. Holger mit seinen Stummelbeinchen, wie alt war er damals, kaum drei Jahre, stolperte immer hinterher, was sehr nützlich war, denn wenn englische Besatzungssoldaten ihr die mickrige Beute wieder abnehmen wollten, genügte es oft, ihn, Holgerchen mit seinem niedlichen Lockenköpfchen, vor sich herzuschieben, damit die Engländer eine Auge zudrückten. Bei den deutschen Bauern im Alten Land verfing der Trick seltener.

Als er wieder zu Hause ist, versucht er, Sonja anzurufen. Nach seiner Berechnung wird Thorsten dieses Wochenende bei ihm verbringen. Er will sie fragen, wann er sein Söhnchen abholen kann. Schon vor vier Jahren haben sie sich getrennt, wenn sie auch erst vor zwei Jahren geschieden wurden. Seine Ehe mit der Studiendirektorentochter, die er auf einem Uni-Ball kennen gelernt hatte, obgleich er damals noch nicht studierte, sondern noch am Hansa Kolleg an seinem Abitur bastelte. Bald nach der Geburt Thorstens fingen die Streitereien an. Dass er nicht im Haushalts mithelfe…dass alles an ihr hängen bleibe… dass er nicht Verantwortung für das Kind übernehme…Das Besuchs- und Kontaktrecht zu seinem Sohn hatte sie ihm ohne großes Theater eingeräumt.

Als sie auch beim dritten Anruf den Telefonhörer nicht abnimmt, setzt er sich ans Steuer. Fährt ziellos durch Hamburg, so ziellos auch wieder nicht, den er zieht seine Kreise immer enger um die Wohnung seiner Ex am Lohkoppelweg Nr. 26.

Sonja ist Studienrätin wie er, aber nicht für Sport und Russisch, sondern für Deutsch und Mathematik, was er damals, als er sie auf jenem Uni-Ball kennenlernte, für eine aparte Fächerkombination hielt. Auch sie selbst fand er damals apart, mit ihrem blonden Haarflaum und ihrem Vogelköpfchen. Wie sie sich den Kopf beim Tanzen nach ihm verdrehte. Schlangenhals, dachte er beim Anblick ihres biegsamen, etwas zu lang geratenen Halses. Schamlose Wachtel, dachte er auch.

Sonja, 24 jährig wie er selbst damals 1967, stand unmittelbar vor dem Staatsexamen in Germanistik, das in Mathematik hatte sie bereits mit Prädikat bestanden. Kunststück, wenn man wie sie aus einem gutsituierten, bildungsbürgerlichen Elternhaus kam.

Mittlerweile ist er nach Eppendorf gefahren, hat seinen Wagen, halb verdeckt von einem Lieferwagen, am Lohkoppelweg geparkt, aber doch so, dass er den Hauseingang Nr. 26 beobachten kann. Außer dem Postboten und einem altersgrauen Ehepaar erscheint niemand im Türrahmen. Wenigstens zwanzig Minuten nicht. Oder noch viel länger. Er schaut gar nicht mehr auf die Uhr, er weiß auch so, dass es fast vierzehn Uhr ist, Sonja müsste mit Thorsten längst aus der Schule zurück sein, warum sind sie das nicht?

Er wird zum Friederizeanum in der Grindelallee fahren, wo sie schon seit Jahren unterrichtet. Wo auch Thorsten seit einem dreiviertel Jahr zur Schule geht, in die Sexta, ja, an der kleinen, feinen Gelehrtenschule gelten immer noch die lateinischen Namen der Klassenstufen, Sexta, Quinta, Quarta, Untertertia...Wie in Zeiten der Klassengesellschaft mit Dreiklassenwahlrecht. Im Gegensatz zur heutigen Demokratie mit aktivem und passivem Wahlrecht für alle. Mit privilegierten Bürgern und unterprivilegierten Arbeitern.

Er ist aus seinem Knautschkäfer gestiegen. Unauffällig geht er halb verdeckt am Buschwerk entlang, welches das Gebäude umgibt. Späht durch hohe Fenster in die Klassenräume, die fast alle leer sind. Endlich, im Lehrerzimmer sieht er Sonjas

Vogelkopf neben vielen anderen Köpfen. Den blonden Haarflaum, der immer durchscheinender wird. Wie sie den langen Schlangenhals nach vorne gereckt hat. An der Stirnseite des Tisches sitzt Dr. Eggers, der langjährige Direktor des Friederizeanums. Er ist fast selbst schon ein Museumsstück mit seinen weißen Haaren und staubgrauem Gesicht. Jetzt öffnet Sonja den Mund, der aussieht wie der aufgesperrte Schnabel eines Jungvogels. Von wem will sie denn gefüttert werden, denkt Holger. Hat man, hat er ihr nicht schon genug in den Schnabel gestopft? Allein die monatlichen Zahlungen für Thorsten, im ersten Jahr nach der Scheidung DM 350, jetzt schon DM 400 und für sie selbst nochmal DM 200. Sonja könne als alleinerziehender Mutter nicht zugemutet werden, Vollzeit zu unterrichten. Zumindest jetzt noch nicht, solange der Junge noch so klein sei. So die Richter am für die Scheidung zuständigen Amtsgericht. Dabei wäre Thorsten bei ihm, Holger, weitaus besser aufgehoben gewesen und wäre es heute noch. Aber er sagte damals nichts. Hätte eh nichts gebracht, das wusste, das weiß er. Die waren doch in alle Ewigkeit davon überzeugt, dass Mutter und Kind zusammen gehörten, als seien ihre Gliedmaßen miteinander verwachsen. Nur weil das Kind als Embryo im Bauch seiner Mutter heranwuchs und dann, nach neun Monaten, durch den Geburtskanal aus ihrem Körper rutschte. Igitt, wenn er sich nur das blutig-schleimig-glitschige Schlittern durch die dunkle Röhre vorstellte. Er möchte die Glasscheibe einschlagen, durchs eingeschlagene Fenster steigen und ihr die Kehle zudrücken. Aber er duckt sich doch lieber ins Gebüsch, schleicht weiter in gebückter Haltung an der Fensterfront entlang bis zum Aufenthaltsraum. Hier irgendwo müsste doch Thorsten sein. Holger hat sich längst wieder aufgerichtet, späht in den Saal, der mindestens dreimal so lang ist wie das Lehrerzimmer. Erspäht Grüppchen von kleinen und großen Schülern, straßenköterblonden, strohblonden, braunhaarigen.

Endlich entdeckt er sein Prinzchen mit der hellen Samthaut und dem matten Goldhaar, umringt von einigen derbknochigen Jungs. Er möchte ins Gebäude eilen, sein Söhnchen, seines Herzens Krönchen, mit sich nehmen, wenn nötig entführen, warum nicht, aber er weiß, wusste immer schon seine Reflexe zu kontrollieren. Auch, wenn nötig, und das war meist der Fall, seine Gesichtsmuskeln, den Tonfall seiner Stimme.

Unauffällig kehrt er zum Auto zurück, unauffällig beobachtet er den Eingang des Gebäudes. Fast eine Stunde muss er hinter dem Steuer ausharren, bis die Ex mit seinem Sohn auf dem Großraumparkplatz auftaucht. Bis er ihnen endlich zum Lohkoppelweg Nr. 26 folgen kann. Auch dort lässt er noch einmal 15 Minuten verstreichen. Dann erst klingelt er bei Sonja Evessen, denn Sonja heißt schon lange nicht mehr Kopke, sondern wieder wie ihr Vater, der Studiendirektor, Evessen.

„Ach, du bist es, Holger", stellt Sonja fest, als sie die Wohnungstür öffnet. Sie ruckt und reckt den Vogelkopf vor, zurück, vor, und Holger ist froh, dass sie ihm nicht ins Gesicht pickt.

„Ich will auch gar nicht stören, ich wollte nur fragen, wann ich am Freitag Thorsten abholen kann." Holger blendet sein strahlendstes Lächeln auf Sonjas Gesicht, stülpt es ihr über den Kopf, bis der nicht mehr ruckt. Wie wäre es mit Freitag, 14 Uhr? Er könne Thorsten dann am Sonntag gegen 17 Uhr wieder bringen. – Dann doch lieber gegen 19 Uhr, sie, Sonja, möchte am Wochenende auch mal etwas unternehmen. Endlich kommt Thorsten angerannt, umarmt Holger stürmisch, er sieht seinen Papa nur alle vierzehn Tage gerade Mal vierundzwanzig Stunden, in denen der Papa ihm jeden Wunsch von den Augen abliest, das sind dann vierundzwanzig Stunden im Schlaraffenland, während die Mama für die vielen anderen Tage zuständig ist. Holger streicht Thorsten ein paar Haarsträhnen aus der Stirn, küsst ihm aufs Köpfchen, bevor er sich verabschiedet. „Dann also abgemacht, Freitag 14 Uhr bis Sonntag 19 Uhr."

„Was möchtest du denn essen? Eine Pizza? Oder lieber eine knusprige Bratwurst mit Fritten?" Holger beugt sich zu Thorsten herunter, legt ihm einen Kuss auf das Blondhaar, es riecht nach Erdbeeren oder Kornblumen oder nach Margeriten oder nach einem Gemisch von allem, er hat es ihm eben beim gemeinsamen Bad in der alten Emaillebadewanne gewaschen, hat die Badelotion auf den Jungenkörper tröpfeln lassen und in die weiche Haut gestreichelt. Thorsten sagt, er wolle 'ne Pizza Margherita beim Italiener Brassano. Mit zwei Flaschen Limonade. „Du sollst alles haben, was du möchtest", verspricht Holger, obgleich er weiß, dass so viel zuckerhaltige Flüssigkeit nicht gesund ist, „zieh deine sauberen Jeans, das dunkelblaue Polohemd und deine Schuhe an. Dann kann´s losgehen." Es dauert dann doch noch länger, weil Thorsten partout nicht das dunkelblaue, das saubere Polohemd, sondern das hellblaue mit den braunen Flecken anziehen will. Holger muss lachen, Vater und Sohn vereint im Gammellook.

„Buon juorno, signor Kobkä". Brassano, der Wirt der Pizzeria, schlingt sein breites Lächeln als Begrüßung um beide und zieht sie zu einem der wenigen freien Tische in Fensternähe. Das ist meistens so, Freitagabends drängt sich halb Hamburg in diesem Lokal, denn Brassano backt die größten, dünnsten und würzigsten Pizzen in seinem Kohlebackofen.

Wie es in der Schule gehe, ob Sport und Mathematik immer noch seine Lieblingsfächer seien, was er in den letzten vierzehn Tagen am Wochenende mit der Mama unternommen habe, fragt Holger, während sie auf ihr Essen warten. Letztes Wochenende seien Mama, er und Bernd im Freibad gewesen. Er sei vom Ein-Meter Brett gesprungen.

Wer ist Bernd? Er hat noch nie diesen Namen gehört. Aber Holger unterdrückt diese spontane Frage, spendet seinem sportiven Sohn Beifall, lobt ihn über den grünen Klee, was aus ihm noch werden könne, ein Turnierschwimmer, Schwimmweltmeister. Erst als Thorsten zufrieden seine Pizza kaut, erkundigt sich Holger en passant, wer denn Bernd sei – ein Klassenkamerad, ein neuer Freund? Ja, Thorsten bewegt sein Köpfchen eifrig auf und ab, Mamas neuer Freund. Mama sei total verliebt, sie rede nur noch von Bernd, Bernhard, Bernardus. Wie lange die Mama Bernd schon kenne. – Noch nicht lange, nur mal so vier Wochen. Wie Bernd denn mit Nachnamen heiße. Petersen. Vielleicht heiße er, Thorsten, auch bald Petersen. Mama und Bernd wollten nämlich heiraten.

„Du bist ein Kopke, und wirst immer ein Kopke sein." Sein Sohn sollte nicht mehr Kopke, sondern Petersen heißen! Holger ist in einem brennenden Ofen, er ist der bleiche Pizzateig, der auf einem Rost in den Holzkohleofen geschoben wird. Einen Augenblick schaut er Thorsten streng an, dann legt er wieder das gewohnte Lächeln über sein Gesicht.

Es war nicht schwer, Thorsten die Würmer aus der Nase zu ziehen. Er musste nur zwischendurch beim Essen und später während des langen Wochenendes ein paar unverfängliche Fragen stellen. Ob Bernd schon zu Mama gezogen sei, nein, wo er denn wohne, in Winterhude, wo denn genau, in welcher Straße? Winterhude sei ja ein großes Viertel. In der Buchenstraße…Ob Thorsten auch schon mit Mama bei Bernd gewesen sei. Ja? Ob es ihm dort gefallen habe? - Bernds Haus sei klasse, richtig groß und toll eingerichtet mit Kamin und Hausbar. Ein riesiger Garten gehöre auch dazu.

Also war dieser Herr Petersen schwer reich, eine prächtige Partie für Sonja, wenn nicht alles anders käme... Er würde diesen Herrn mal genauer ins Visier nehmen.

Jetzt konnte er das, was er bei den zahlreichen Tagesschulungen durch Ohlsen gelernt hatte, endlich auch privat nutzen. Die Schulungen fanden, kurz nachdem ihn Ohlsen angeworben hatte, in wechselnden West-Berliner Privatwohnungen statt, die wöchentlich auf versteckte Wanzen überprüft wurden. Man musste auf der Hut sein, der westdeutsche Verfassungsschutz schlief schließlich auch nicht.

Er lernte dort einiges. Wie man winzige Videokameras mit ebenso winzigen Abhörgeräten verbunden in Privaträumen montiert, abmontiert und auswertet, wie man jemanden in der Öffentlichkeit unauffällig beschattet, ebenso unauffällig jemanden in kompromittierenden Posen fotografiert, wie man Kontakt zum Hausmeister der Wohnanlage aufnimmt, in dem das zu observierende Subjekt wohnt. Oder Kontakt zu dessen Bekanntenkreis sucht. Ehrabschneidende Gerüchte über es in Umlauf setzt.

Es sind nur noch zehn Tage bis zu den Großen Ferien, die dieses Mal in Hamburg schon Ende Juni beginnen. Holger hat Post bekommen. Der eine Brief ist offensichtlich die Antwort auf jenes Heiratsinserat, der andere stammt aus Leningrad von Igor Pawlewski, der mit seiner Familie am Newski Prospekt in der Nähe des Marionettentheaters wohnt. Bei dem er jedes Jahr mehrere Wochen verbringt, wenn es geht, im Sommer, und der ist an der Newa kurz genug wegen der weißen Nächte. Seit 1968, als Stasi-Agenten in die Kommunarden-Zellen schwirrten, auch in jene, in der er, Holger, aktiv war. Ohlsen hieß der, der ihn mal ganz beiläufig in der Cafeteria fragte, ob er bei seiner antikapitalistischen Einstellung wirklich Englisch studieren wolle, die Sprache des Klassenfeinds, oder nicht lieber Russisch, sein Studium würde großenteils, sagen wir zu siebzig Prozent, subventioniert, gegen kleine Dienste, versteht sich, nein, gewiss nichts Gefährliches, absolut sicher, nein, er müsse niemals als Spion tätig werden, nur kleine Zuträgerdienste auf absolut unverdächtigen Wegen. Er könne ein bis zwei Semester in der Sowjetunion studieren, den Sowjetmenschen kennen lernen, einen kleinen Beitrag zum Auf- und Ausbau des Sozialismus leisten, und, nebenbei, Russisch im Land sprechen und verstehen lernen. Ob Ohlsen wirklich Ohlsen hieß oder ob Ohlsen ein Deckname war, erfuhr Holger nie.

Warum hätte er solch einem Angebot widerstehen sollen? 1968, als sein Schwiegervater, Studiendirektor Evessen, Wind davon bekam, dass sich Holger unter die Bürger schreckenden Kommunarden gemischt hatte. Ihm damit drohte, die Finanzierung seines Studiums einzustellen. Und dann noch Sonjas Hin-und-Hergerissen-Sein zwischen braver Bürgerlichkeit und sozialistischer Schwärmerei. Schwangerschaft und Mutterschaftsurlaub hatten zudem den Abschluss ihres

Referendariats hinausgezögert. Und damit ihre Möglichkeit, für Holgers Studienkosten aufzukommen.

Seinem Schwiegervater teilte er vor Beginn des Sommersemesters 1969 mit, er habe ein Stipendium für Slawistik erhalten und werde deshalb jetzt Russisch studieren. 1970 erfuhr er über die Vermittlung Ohlsens die Adresse Igor Pawlewskis, eines untergeordneten KGB-Mitarbeiters, der ihn nicht nur in die Geheimnisse der Bortsch-Zubereitung einweihte, unvergorene Rote Bete, Zwiebeln, Weißkohl, Karotten, Kartoffeln, Tomaten und Rindfleisch, sechs, sieben Stunden oder länger köcheln lassen, bis ein hölzerner Löffel im Suppentopf stehen bleibt, sondern ihm auch die erste Observationsaufgabe stellte - den Republik-Flüchtling Heiner Streibing zu beschatten. Holger wusste bis auf den heutigen Tag nicht, warum er einen kleinen Fisch wie Streibing beschatten sollte, nun gut, dieser war aus der Deutschen Demokratischen Republik geflohen, was eh ein schweres Delikt war, und die Stasi konnte nie wissen, ob sich solch kleine Fische im kapitalistischen Meer nicht in Haie verwandelten. Was man von Streibing nicht sagen konnte. Zumindest war seine, Holgers, Observation ziemlich ergebnislos verlaufen, was natürlich auch damit zusammenhängen konnte, dass er in diesem Metier so gut wie keine Erfahrung hatte.

Igor schrieb, dieses Jahr könne er Holger leider nicht nach Leningrad einladen , seine dicke, gute Olga sei auf der Steintreppe ihrer Wohnung am Newski-Prospekt gestürzt, sie sei geplumpst wie ein Mehlsack, nur war in Olgas Innerem kein Mehl, sondern - neben viel Fleisch- auch Knochen, Sehnen, die beim Aufprall am Fuß der Treppe in Unordnung geraten seien, was sage er, in Unordnung, das rechte Schienbein sei gebrochen, das rechte Schlüsselbein ebenfalls. Das sei vor knapp einem

Monat passiert, aber Olga läge immer noch, teilweise eingegipst, im Spital. Bis sie nach Hause käme, könnten noch Monate vergehen. Und selbst dann müssten sie alle, Leo, Tanja und auch Olga noch eine Weile, wie lange wisse niemand, von Mitarbeitern des zuständigen Kollektivs versorgt werden. Deshalb wäre es wohl das Beste, wenn Holger seinen Besuch auf das nächste Frühjahr verschöbe. Dann, in Geheimschrift, noch die Frage, ob er irgendetwas Neues über den aus der DDR geflohenen Daniel Schlesinger habe in Erfahrung bringen können. Daniel Schlesinger wohne mittlerweile in einer Hochhaussiedlung in Hamburg Billstedt und unterhalte das sozialistische Vaterland gefährdende Kontakte zu Israel, dem zionistisch-imperialistischen Klassenfeind, möglicherweise sogar Kontakte zum Mossad.

Die arme Olga, sie tut Holger ja leid, Igor, Leo und Tanja tun ihm auch leid, obgleich, wenn er es recht bedenkt, tut er sich selbst am meisten leid, weil er in diesem Jahr auf einen Urlaub in Leningrad verzichten muss. Natürlich weiß er, wo Daniel Schlesinger wohnt, ganz in der Nähe von Mutti, in der Großsiedlung Mümmelmannsberg, in der Kadinskyallee Nr. 4. Aber unter diesen Umständen wird er sich Zeit lassen, hinter Schlesinger her zu schnüffeln. Er wird sich noch mehr Zeit lassen, Igor über seine Erkenntnisse zu informieren. Die Chiffrierung der Information ist eh eine Denksportaufgabe, auf die er jetzt verzichten kann.

Er geht in die Küche, er braucht eine Tasse frisch aufgebrühten Kaffee, mal sehen, ob es in irgendeiner Dose noch Teegebäck gibt, hoffentlich nicht allzu trocken und krümelig, ja, in der braunen Dose sind einige bleiche, weiche Waffeln, die er sich in den Mund schiebt. Beim nächsten Aldi-Einkauf wird er ein paar Tüten Knabberkram kaufen.

Er reißt den Briefumschlag auf, in dem die Antwort auf das Inserat steckt. Ganz nette, belanglose Zeilen, die ihn eh nicht sonderlich interessieren im Gegensatz zur Fotografie. Nettes Gesicht, hübsche Haare, aber der Kopf etwas zu groß – zumindest für eine kleine, zierliche Person, die sie zu sein vorgibt.

Soll er antworten? Soll er nicht antworten? Warum nicht? Er hat augenblicklich keine Freundin, und irgendeine zum Bumsen braucht er schließlich, wenn er nicht auf die Reeperbahn gehen will, was ab und zu auch nicht zu verachten ist, aber schließlich ins Geld geht.

Also schrieb er. An Agnes Eggert. Möckelsbach. Wo, um alles in der Welt, befand sich Möckelsbach? Er schaute im Atlas nach. Irgendwo in Deutsch-Südwestafrika. Oder doch nur in Baden-Württemberg. Welche größere Stadt war in der Nähe? Heilbronn. Kannte er nur dem Namen nach. Na ja, er konnte ja vorschlagen, sich am Bahnhof Heilbronn zu treffen. Obwohl...Diese Agnes Eggert konnte auch ein Stückchen zum gemeinsamen tête à tête fahren, wenn er die weite Fahrt von Hamburg auf sich nahm. Wäre Heidelberg nicht ein reizvollerer Treffpunkt? Oder vielleicht Würzburg? Ja, Würzburg – das wäre das Richtige. Er hatte sich schon lange vorgenommen, Würzburg zu besichtigen. Ein Kollege hatte dort die ganzen Osterferien verbracht und war von dem mittelalterlichen Stadtkern, der Festung Marienberg, der malerischen Landschaft mit den vielen Rebhängen begeistert.

Anfang Juli 1978, an einem Montag, er wollte nicht in den Wochenendverkehr kommen, fuhr Holger die 800 km von Hamburg nach Würzburg. Die erste Woche der Sommerferien lag bereits hinter ihm, er selbst hatte am Morgen schon früh gegen 6 Uhr seinen einzigen Anzug, den hellgrauen Leinenanzug, und eins der wenigen sauberen weißen Hemden angezogen. Immer wieder im großen Standspiegel des Schlafzimmers sein Erscheinungsbild überprüft. Gut sah er aus, sehr gut, breit in den Schultern und schmal in den Hüften, das Gesicht eine Melange aus Markantem und Zartem, eingerahmt von braunem Haargekräusel, ja, er war eben immer noch, das ließ sich nicht leugnen, ein Beau, und er empfand es als ausgeklügelte Bosheit des Schicksals, dass er eine weite Fahrt zu einer Annoncenbekanntschaft auf sich nehmen musste. An einer Autobahnraststätte machte er Halt, kaufte ′Die Zeit′. Er hatte mit Agnes Eggert vereinbart, dass jeder ′Die Zeit′ als Erkennungszeichen in der Hand halten sollte. Wie die zwei Frauen hinter der Theke mit ihm äugelten, die eine, die jüngere, konnte man wenigstens anschauen, wenn sie auch für seinen Geschmack zu üppig im Fleisch war, die andere, die Jahresringe um den Hals trug, fand er jedes Blickes unwürdig.

Vier Stunden später stand er auf Bahnsteig 7 am Hauptbahnhof Würzburg. War das Agnes Eggert? Die Kleine in dem hellen, mit Bordüren bestickten Kleid? Mit den kurzen Bernsteinhaaren? Das musste sie sein, ′Die Zeit′ in der kleinen Hand. Na ja, sie konnte sich sehen lassen, man konnte sich mit ihr sehen lassen, wenn auch der schön geformte Kopf ein wenig zu groß auf dem zierlichen Körper saß.

Jetzt hat auch sie ihn entdeckt, ihre Augen, dunkelbraun mit grünen Einsprengseln, flirren, flirten, nein, sie flirten nicht, sie blicken reglos, er hat sie schon festgebannt.

Er geht auf sie zu, stellt sich vor, nein, erst fragt er lächelnd, er spinnt sein Lächeln über ihre Bernsteinhaare, sie sind doch sicher Agnes Eggert, und wartet, bis sich ihr Gebannt-Sein in einem weiten, glücklichen Lachen auflöst, ja, sie sei Agnes Eggert, er ist ihr Prinz, ihr Märchenprinz, auf den sie die ganze lange Zeit in Möckelsbach und anderswo gewartet hat, das sagt sie nicht, aber das kann er in ihrem Gesicht lesen. Jetzt legt er ihr sein charmantestes Lächeln zu Füßen. Wann sie heute Morgen weggefahren sei? Um 10.05? Er sei schon seit 6 Uhr unterwegs und jetzt sei es doch fast 13 Uhr. Ob sie nicht hier im Bahnhofsrestaurant zu Mittag essen wollten? Jetzt nicht überrumpeln, bloß nicht gleich die gemeinsame Fahrt in seinem Knautschkäfer zu einer der Weinstuben in der Altstadt vorschlagen. Sie ist sogleich einverstanden, sie biegt den Kopf kokett zur Seite. Sie lächelt zu ihm auf.

Während sie auf ihre Menüs warten, fragt er, ob sie schon wisse, wo sie ihre Assessoren-Zeit verbringen wird. Nein, das stehe noch nicht fest, sie habe sich in zwei Bundesländern beworben, in Schleswig-Holstein, in Niedersachsen, man habe ihr in Baden-Württemberg nur einen Dreiviertelvertrag im Angestelltenverhältnis angeboten, weil ihr Notendurchschnitt nicht gut genug gewesen sei, nur 2,4, nicht 1,8. Er braucht kaum etwas zu sagen, die Wörter purzeln aus ihrem Mund, unkontrolliert schlagen sie Purzelbäume, sie kennt sich wirklich nicht aus, nicht mit Menschen und schon gar nicht mit Männern. Er beobachtet, wie das Sonnenlicht ihre Bernsteinhaare aufflammen lässt, ihre sehr helle Haut mit den braunen Tupfern wird durchsichtig, so durchsichtig wie sie selbst, doch sie gefällt ihm, wie eine gebratene Taube, die einem in den Mund fliegt.

Oder waren es im Schlaraffenland die gebratenen Gänse, die einem wohl nicht in den Mund, aber vor die Füße flogen?

Nach dem Essen, nein, sie solle um keinen Preis ihr Menü selbst zahlen, er verlangt vom dienstbeflissenen Kellner die Rechnung für beide, zusammen, ja, er geht ganz in seiner Rolle als generöser Gentleman auf, legt er beschützend den Arm um ihre Schultern, und sie weicht nicht zurück, sie rückt sogar näher an ihn heran, das Netz, sein Fangnetz hängt nicht nur über ihrem Kopf, sondern reicht schon bis zu den Schultern, vielleicht noch weiter...Ob sie nicht zusammen in seinem Auto zur fürstbischöflichen Residenz fahren wollten? Ja, ob sie sich in Würzburg auskenne, aber wenn nicht, sei das auch nicht wichtig, er habe sich einen Falk-Stadtplan besorgt. Doch, sie kenne sich hier aus, wenigstens ein bisschen, einer ihrer Onkel wohne hier. In seinem Knautschkäfer erklärt sie ihm den Weg, erst Kaiserplatz, dann links Haugerring bis zum Berliner Platz, dann Martin-Luther-Straße, rechts in den Rennweg, dann links in die Balthasar Neumann-Promenade.

Das Schloss mit dem gewaltigen Treppenhaus, über das sich eine gewaltige Decke wölbt. Ob sie ihn jetzt mit illustren Namen bewirft? Byss und Johann Zwick. Van der Auwera und Wagner, Tillmann Riemenschneider? Er hat sich vor seiner Fahrt im Baedecker kundig gemacht, um einer bildungsmäßigen Blamage vorzubeugen. Die Lehrerinnen-Attitüde bleibt aus, sie sagt nicht viel, sie scheint ins Schauen versunken, festgebannt, nur von den Freskengemälden, den Stuckarbeiten im Weißen Saal? Er greift nach ihrer Hand, der kleinen Puppenhand, er will wieder sein Fangnetz über sie werfen, er zieht sie an sich, und sie lässt sich ziehen. Halb zog er sie, halb sank sie hin. Aber auch nur halb. Sie weiß die Form zu wahren, zumindest bis jetzt. Nach dem Altstadtbummel suchen sie sich eine Übernachtungsmöglichkeit in einem einfachen Gasthaus. Sie könne ´Die Altstadtperle´

empfehlen, sagt sie, nachdem sie die Hofstraße entlang gegangen sind, vorbei an der Neumünster Kirche, dann die Schönbornstraße zur Augustinerkirche, in dessen hohes, dunkles Kirchenschiff sie nur einen Blick geworfen haben, die unzähligen Kirchen, wo kämen sie hin, wenn sie die alle besichtigen wollten. Holger möchte sich lieber im Sonnenschein bewegen, die verwinkelten Gassen und breiten Straßen der geschichtsträchtigen Weinmetropole und ehemaligen fürstbischöflichen Residenzstadt und die kleine Frau an seiner Seite erkunden. Ob sie schon in der ´Altstadtperle´ übernachtet habe, fragt er, und lässt seine Finger über ihren nackten Arm wandern, er will ihr Fleisch ertasten und nicht nur ihr Fleisch. Während der Semesterferien habe sie mehrmals ein paar Tage mit einem Studienfreund dort verbracht. Also ist sie doch nicht solch ein Veilchen, das bisher im Verborgenen blühte. Vielleicht eine ganz Raffinierte, eine, die die Unschuld vom Lande mimt, obgleich sie tatsächlich mit allen Wassern gewaschen ist. Sie lassen zwei Einzelzimmer in der ´Altstadtperle´ für drei Tage reservieren, die Zimmer sind niedrig, muffig sind sie auch, wie Bauernstuben sehen sie aus mit ihren Holzbetten, der rotkarierten Bettwäsche, den dunklen Holzschränken, Holzdecken und Holzböden, aber sie sind preiswert, und das gibt für Holger den Ausschlag, denn er wird womöglich für sie beide zahlen müssen.

Sie bleiben fünf Tage in Würzburg, gehen Arm in Arm über die Alte Mainbrücke zur Festung Marienberg, die Art, wie sie ihm verliebte Blicke zuwirft, seine Komplimente aufsaugt wie ein Schwamm, scheint ihn in seiner Annahme zu bestätigen, dass er Anker geworfen hat. Was ihr Onkel beruflich mache? Er sei mittelständischer Unternehmer. Was er denn produziere? Zelten und Plänen. Und ihr Vater? Der habe bis zu seiner Pensionierung als Richter in einer Kleinstadt gearbeitet.

Bevor sie gemeinsam nach Möckelsbach fahren, weiß er schon eine ganze Menge über sie, aber sie weiß so gut wie nichts über ihn, kaum mehr als das, was er in seiner Antwort auf ihre Annonce geschrieben hat.

Möckelsbach. Eine Ansammlung weiß getünchter, engbrüstiger Häuser mit roten Ziegeldächern, die sich um eine Sandsteinkirche scharen. Eine idyllische Einöde, wo sich Fuchs und Hase gute Nacht sagen, wo sich die Fenster nach Innen öffnen. Wo den Veilchen nichts anderes übrig bleibt als im Verborgenen zu blühen.

Agnes bewohnt ein möbliertes Zimmer im Souterrain eines Einfamilienhauses, wenigstens mit separatem Eingang, ein Keller-Klosett ist vorhanden, allerdings außerhalb des Zimmers in einem Kabäuschen, eine Dusche existiert nicht. Wenn sie nicht über Land fahren, zur Burg Götz von Berlichingens, nach Bad Friedrichshall, nach Heidelberg zur Besichtigung der Altstadt, der Schlossruine mitsamt dem Weinfass Perkeos´, nach Bad Mergentheim, zum Schillermuseum nach Marbach, bestaunt er ihre Körperhaut, weiß wie Schnee, zum schneeblind werden, oder sie verzahnen sich auf ihrem Einzelbett. Eine Woche bleibt er bei ihr in Möckelsbach, dann sagt er ihr, er müsse zurück nach Hamburg, warum, sagt er nicht. Sie vereinbaren, regelmäßig zu telefonieren, bis sie genau wisse, in welchem Bundesland, an welchem Ort und an welcher Schule sie ihre erste Planstelle antreten wird.

Zurück in Hamburg greift Holger Iwans Auftrag auf, wenn auch nur halbherzig. Er fragt Hausmeister Fienske über Daniel Schlesinger aus. In welchem Stockwerk der wohne. Im fünften, in einem Einzimmerappartement. Wo der arbeite, wenn er überhaupt arbeite. Was man so arbeiten nenne, Schlesinger sei Student. Was dieser studiere, wisse er, Fienske, nicht, aber das könne er für Holger herausfinden. Ob der ein Einzelgänger, ein Einsiedler sei oder ob er häufig Besuch empfange. Doch, Schlesinger bekomme Besuch, nicht sehr häufig, meistens von Männern, die ihm ähnlich sähen. Pechschwarze, lockige Haare, volle Lippen. Ab und zu besuche ihn auch ein junges Mädchen, ob das seine Freundin sei, wisse er nicht. Als ihm Holger einen Hundert Markschein beim Abschied zusteckt, schuppt die Trägheit von Fienske ab, der eifrig versichert, allen Fragen nachzugehen.

Holger zieht zufrieden ab, er kann sich jetzt Wichtigerem zuwenden, nämlich möglichst viel über Bernd Petersen in Erfahrung zu bringen. Deshalb ruft er gleich Sonja an, ob er nicht an den nächsten Tagen Thorsten abholen könne – er wolle mit ihm zu Hagenbeck, die Löwen, Tiger, Flamingos hinter ihren unsichtbaren Zäunen hätten es ihrem Sohn angetan...Nein, das gehe nun gar nicht, sie werde übermorgen schon mit Thorsten und einem Freund für drei Wochen nach Monaco fahren. Wenn er Thorsten unbedingt vorher sehen wolle, solle er am besten gleich heute Abend, sagen wir gegen 18 Uhr, kommen.

Da ist es immerhin heraus, die Sache mit dem Freund, aber er wird vorsichtig sein müssen, ihr bloß keine Fragen stellen, die zu neugierig wirken. Sonja ist nicht vertrauensselig wie Agnes.

Sonja ist dieses Mal ungewöhnlich heiter, beschwingt, oder ist sie ein bisschen beschwipst? Sie bittet ihn sogar, in die Wohnung zu kommen, lädt ihn zu einer Tasse Tee ein, während sie auf den noch draußen spielenden Thorsten warten. Sie verrät ihm sogar, wer in ihrer Abwesenheit nach der Wohnung schaut, die Blumen gießt, den Briefkasten leert. Marion Gutke, ob er sich noch an sie erinnere? Eine frühere Kollegin, mit der sie jetzt befreundet sei. Die ganz in der Nähe wohne. Ob er fragen dürfe, wo genau, in welcher Straße? Sonja lacht, bis ihr Vogelkopf zu wackeln anfängt, ob er vielleicht mit der anbändeln wolle? Da müsse sie ihn enttäuschen, die sei immer noch glücklich verheiratet. Und deshalb könne er auch getrost deren Adresse wissen, nicht weit von hier, im Bötelkamp. Endlich kommt Thorsten zur Tür hereingestürmt, stürmt auf seinen Papa zu, umarmt ihn stürmisch, und auch Holger will ihn nicht mehr loslassen, ihn nicht mehr freigeben und muss sich doch gleich von ihm verabschieden. Wenigstens für drei Wochen.

Auf dem Rückweg möchte sich Holger wie Rumpelstilzchen vor Ärger in Stücke reißen: Warum hat er nicht ein paar winzigen Mikrophone mitgebracht? Die so leicht hinter Bücherregalen, an Steckdosen, hinter Kommoden etc. anzubringen sind? Als Sonja in der Küche den Tee kochte, wäre genug Zeit gewesen...

Aber wie hätte er auch ahnen können, dass sie ihn nicht, wie meistens, schon an der Tür abfertigte.

Holger fährt jeden Tag zum Bötelkamp. Er beobachtet das Haus Nr. 12, in dem Gutkes wohnen. Er sieht Marion aus der Tür treten, allein oder mit ihrem Mann, er sieht beide in ihrem Garten sitzen, auch manchmal dort arbeiten. Endlich, in der zweiten Woche, scheint sie, Marion, verreist zu sein. Wann soll er es wagen, wenn nicht jetzt? Er fragt den verdutzten Herrn Gutke, ob er ihn noch kenne, er sei Holger Kopke, der Ex-Mann von Sonja Evessen, der Freundin seiner Frau. Gutke kramt in seinem Hirnkasten, endlich kramt er eine vergilbte Karteikarte hervor. Wie lange das schon her sei, dass man sich zum letzten Mal gesehen habe, acht Jahre mindestens. Seine Frau sei leider verreist, nur für ein paar Tage zu einer Cousine ins Alte Land. Womit er Herrn Kopke dienen könne? Und dieser wirft ihm einen Zipfel seines Lügenteppichs zu. Er habe anscheinend seine Scheckkarte in der Wohnung seiner Ex liegen lassen. Warum denn das? Wozu habe er dort eine Scheckkarte gebraucht?

Holger sieht, wie sich Gutkes Augen zusammenziehen. Misstrauische Spähschlitze sind auf ihn gerichtet.

Eine geringfügige Beteiligung an den Urlaubskosten für Thorsten. Holgers Lächeln spannt eine unsichtbare Brücke zu Gutke, der mit einem Mal ganz leutselig wird, Holger herein bittet, „Kommen Sie doch herein in die gute Stube", ja, da brauche er sich in Zukunft keine Gedanken mehr wegen Unterhaltskosten für Thorsten zu machen, ob er nicht wisse, dass seine Ex einen neuen Freund hat? Herrn Petersen. Stararchitekt und entsprechend schwer reich. Petersen leite das Großbauprojekt des Medica Privatkrankenhauses für Innere Medizin, ein Millionengeschäft. Was, er habe noch nichts von diesem Großbauprojekt gehört? Direkt in Rotherbaum? Eine pompöse Villa besitze Petersen auch. In Winterhude, soweit er sich erinnere in der Buchenstraße. Die Informationen regnen auf Holger herab, er braucht sie nur wie Sterntaler einzusammeln.

Schließlich fahren sie gemeinsam zum Lohkoppelweg. Während Gutke das Wohnzimmer lüftet und die Blumen gießt, versteckt Holger Wanzen. Eine im Schlafzimmer in unmittelbarer Nähe der Bettkästen. Dann eine im Flur hinter der Kommode. Nein, er habe die Scheckkarte nicht finden können, erklärt er Gutke, als der den Flur durchquert. Vielleicht habe Herr Kopke sie im Wohnzimmer liegen lassen, er solle sich nur Zeit lassen, alles gründlich durchsuchen, rät Gutke, er müsse eh noch Schlafzimmer, Kinderzimmer und Küche lüften. Auf der Rückfahrt zum Bötelkamp lässt sich Holger von Gutke wegen der nicht auffindbaren Scheckkarte bemitleiden. „Sie müssen sofort den Verlust Ihrer Bank melden", rät dieser und verspricht Stillschweigen, als Holger ihn bittet, Sonja und Marion nichts von der vergeblichen Suchaktion zu erzählen, Frauen, insbesondere Ex-Frauen, seien doch manchmal so heikel, wenn Sonja erführe, dass er, Holger, in ihrer Abwesenheit ihre Wohnung betreten habe, sei der Teufel los, und auf den könne er bei den zur erwartenden Scherereien in puncto Scheckkarte verzichten.

Holger fährt nun fast jeden Tag zur Baustelle. Er kommt mit Arbeitern ins Gespräch. Die sich erst scheu umschauen, bevor sie ihm einiges anvertrauen. Ja, sie schwarz arbeiten. Viele hier schwarz arbeiten. Aber froh, das überhaupt arbeiten.

Von Schwarzarbeit profitiert jedoch nicht der Architekt, sondern der kleine oder größere Handwerksbetrieb, auch der Subunternehmer. Einmal trifft er auf einen, der nicht viel arbeitet, sondern Anweisungen gibt. Ist er ein Vorarbeiter, ein Maurer-, ein Tischlermeister? Schnell hat Holger sein Charmelasso ausgeworfen, der Mann hängt im Lasso fest, das Holger nicht mehr los lässt. Ein phantastisches Areal, eine kühne Konstruktion, wer denn der Bauleiter sei, wer der Architekt? Herr Petersen? Da seien wohl Millionen im Spiel? Ob Herr...? - ...Knaufke...- Ob Herr Knaufke Herrn Petersen selbst kenne? - Nicht wirklich, aber er habe ihn schon ein paar Mal hier auf der Baustelle gesehen, auch mit ihm gesprochen. - Was für ein Typ der sei? Man höre so einiges. Ein schwerreicher Pinkel solle er sein. Aber doch auch ein begabter, origineller Architekt. Holger tut so, als verteidige er Sonjas Freund. - Petersen verstehe schon sein Handwerk, aber ansonsten halte er, Knaufke, ihn für einen windigen Hund...Na ja, Segelyacht in Monaco und dort sicher nicht nur Segelyacht... jedes Jahr einen neuen Bentley. Und immer neue Weibergeschichten, viermal sei der Kerl schon geschieden...Neuerdings gebe er sich bescheiden, er solle angeblich eine Lehrerin als Freundin haben. Eine Studienrätin...Knaufke fängt schmierig an zu lachen, mit Holger lacht er über diesen und alle anderen feinen, reichen Pinkel und doofe Studienrätinnen. Warum er sich für Petersen interessiere, will Knaufke noch wissen, bevor sich Holger trollt. Nur eben so...aus Neugier, aus Langeweile...

Dann rief Agnes an. Sie werde am Schuljahresbeginn, der sei in Niedersachsen dieses Jahr Anfang September, eine Studienassessoren-Stelle in Hannover antreten. An einer

Akademie, einem Institut des zweiten Bildungswegs, an dem junge Erwachsene in drei Jahren das Abitur nachmachen könnten.

Es blieben noch zwei Wochen Ferien für Holger, drei Wochen für Agnes, genug Zeit, um gemeinsam in Hannover auf Wohnungssuche zu gehen. Er umsorgte sie, klapperte mit ihr die diversen Wohnungsangebote ab. Präsentierte sich als ihr Verlobter, obgleich sie sich erst einen Monat kannten, er schmeichelte ihr, nannte sie „mein Eichhörnchen", mein Bernsteinpüppchen. Verhandelte mit den Wohnungseigentümern, den Hausmeistern. Ob sie wirklich die Zweizimmerwohnung in der Böhmerstraße nehmen wolle? Sie sei wohl gut geschnitten, doch ziemlich weit von der Sapientia-Akademie entfernt. Wie es mit der Anbindung an die öffentlichen Verkehrsmittel stehe? Bis zur nächsten U-Bahnstation seien es ca. zehn Gehminuten. - Ob Frau Eggert nun die Wohnung nehmen wolle oder nicht. Er habe noch genug andere Interessenten, schnarrte der Vermieter. - Ob sie sich das wirklich jeden Tag zwei Mal oder auch öfter zumuten wolle – eine halbe Stunde für den Hin-, eine halbe Stunde für den Rückweg. Zumindest solange sie noch kein eigenes Auto habe.

Schließlich mietete sie eine Einzimmerwohnung in einem Hochhaus direkt gegenüber dem Bahnhof. In unmittelbarer Nähe befand sich eine Bushaltestelle, von der aus sie jeden Morgen in wenigen Minuten zu ihrer neuen Schule fahren konnte. Die restlichen Ferientage verbrachten beide in Holgers Wohnung in Hamburg Volksdorf.

Als sie ins Wohnzimmer gehen, bemerkt er, dass ein silbriges Gespinst aus hauchdünnen Fäden alle vier Ecken des Wohnzimmers überzieht. Er unterlässt dieses Mal den Kampf mit dem Besenstiel gegen die sich immer erneuernden Produkte der allgegenwärtigen Spinne. Oder war es ein Spinnengeschwader, das vom Garten in seine Parterrewohnung eindrang? Agnes hat nur Augen und Ohren für Holger, der sie aus ihrem bescheidenen Veilchenschlaf wach geküsst hat, dem sie vertraut, sich anvertrauen möchte, weil sie ihn sich gar nicht anders als ihres Vertrauens würdig denken kann. Aus ihren dunklen Augen mit den grünen Einsprengseln quillt unaufhörlich Bewunderung zu ihm. Er braucht sie nicht mehr zu zähmen, für ihn ist sie längst handzahm.

Immer wieder posiert er nackt mit ihr vor dem großen Standspiegel im Schlafzimmer, fährt mit den Fingerspitzen über ihre helle Haut. Einmal fährt er mit ihr nach Pöseldorf, um sie à dernier crie[16] einzukleiden. Ein anderes Mal fährt er mit ihr zum Fotografen, um mit ihr vor der Kamera als Paar zu posieren. Er kauft zwei glatte Silberringe, die er ihre Verlobungsringe nennt. Bei einem Glas Wein und Hummersalat in einem Restaurant am Hamburger Fischmarkt streift er sich den einen, den anderen ihr über den Ringfinger.

Vor Unterrichtsbeginn besucht er seine Ex. Wieder bittet Sonja ihn ins Wohnzimmer. Ihre Haut ist bronziert, die Haare voller, frisch blondiert. Nein, Thorsten sei nicht da, er sei bei einem Schulfreund, sie machten gemeinsam Hausaufgaben. Natürlich könne er das Wochenende bei Holger verbringen. Ob Holger eine Tasse Kaffee wolle? Oder lieber Tee? Sie strahlt aus allen Poren. Wie es denn in Monaco gewesen sei? Ja, gegen eine Tasse Kaffee sei nichts einzuwenden. Holger bleibt cool, soll sie in ihrem fremden Liebesglück um ihn herum scharwenzeln, ihn bedienen. Während seine Ex in der Küche hantiert, entwanzt er in Windeseile das Wohnzimmer. Er hört die Kaffeemaschine

---

[16] frz. à dernier crie: nach dem letzten Schrei

gurgeln, röcheln, atmet das würzige, aus der Küche strömende Aroma ein. Die Wanzen sicher in seinen Hosentaschen versteckt, eilt er in die Küche, er ist wieder ganz Holger, der Holde, er nimmt Sonja das Tablett mit der Kaffeekanne, den Kuchentellern und Tassen und den Resten eines Pflaumenkuchens ab, balanciert es ins Wohnzimmer. Sonja deckt den Tisch, schenkt ihm und sich ein, ob er ein oder zwei Kuchenstücke wolle, nur eines, sagt Holger, als Sportlehrer müsse er rank und schlank bleiben.

Er könne sich gar nicht vorstellen, wie bezaubernd die Urlaubstage in ihrer schwimmenden Ferienwohnung gewesen seien, sagt sie. Sie scheint wirklich immer noch verzaubert, wenn sie an Holger vorbei aus dem Wohnzimmerfenster schaut, obgleich es draußen außer Straße und Autos nicht viel zu sehen gibt. Vielleicht glaubt sie, wieder die Segelyacht zu sehen, von der sie jetzt schwärmt: Ein Traum aus Chrom, Stahl, Glas, lackiertem Erlenholz und beigem Nappaleder sei das gewesen. Und natürlich weißem Vor- und Rollsegel. Mit fester Anlegestelle am Port Hercule, eingerahmt vom Stadtviertel La Condamine. „Dein Bernd muss ja ein Krösus sein", wirft Holger ein, ohne seinen liebenswürdig-lächelnden Gesichtsausdruck zu verändern. „Du bist doch nicht neidisch", sagt Sonja, obwohl sie sich denken kann, dass er neidisch ist. Jetzt erst merkt sie, wie dumm es von ihr war, vor ihm in ihrem Urlaubsglück zu schwelgen. „Bernd hat die Yacht nur für drei Wochen gemietet, sie gehört ihm nicht", beschwichtigt sie. Und Holger weiß, dass sie nicht weiß, dass er weiß, dass sie lügt. „Auf dem Sonnendeck liegen. Wie in einer unsichtbaren über das Mittelmeer gespannten Hängematte und sich bei Wellengang schaukeln zu lassen, ist für mich das non plus ultra des dolce vita. Auch auf der schlichtesten Segelyacht." – Mein Gott, jetzt wird sie auch noch poetisch, wie peinlich, denkt Holger und lächelt standhaft weiter.

Was denn Thorsten die ganze Zeit getrieben habe, will er noch wissen. Den habe es immer wieder zum Ruderrad, zum Navigationstisch getrieben, um sich von Bernd in die Geheimnisse des Segelns einweihen zu lassen. Mit denen er sie dann auf Deck traktiert habe. Segelkleid, Sprayhood, Schoten, Segeltrimm, Reling, Echolot…Ein paar Mal habe er auch Bernd beim Segeln Richtung Cote d´Azur assistieren dürfen. Nicht weit, nur ein paar Meilen. Er sei ganz aus dem Häuschen gewesen.

Der kurzen weiblichen Harnröhre sei Dank muss Sonja bald ihre Erzählung unterbrechen. Sie müsse eben auf die Toilette, sie sei gleich wieder da, sagt sie, und Holger sagt sich, hoffentlich nicht schneller, als ich Schlafzimmer und Flur entwanzen kann. Mit noch drei weiteren Tierchen in den Taschen steht er bereits im Flur, als sie aus der Toilette kommt. Er müsse unbedingt gehen, er wolle sich mit einem Kollegen in einer Stunde im Alsterpavillon treffen. Mit einem Kollegen? zwinkert ihm Sonja zu.

Unmittelbar nach der Vereidigung als Studienassessorin trat Agnes ihre erste Stelle an der Sapientia-Akademie an. Ihr wurde gleich eine Klasse zugeschustert, in der der Klassenlehrer zuvor Selbstmord begangen hatte.

Als sie zum ersten Mal das Klassenzimmer betritt, schüchtern, wie man ihr später sagte, sie hätte forsch auftreten sollen, nicht mit zicke, zacke, aber doch so ähnlich, oder lässig-locker mit klappernder Klappe, sieht sie in hämisch grinsende Gesichter, die sie genüsslich mustern. Was will denn das Bernstein-Mäuschen, kaum älter als wir, hört Agnes den erwachsenen Schülerpulk denken. Die will uns etwas beibringen? Sie hört ihr Herz schlagen, es pocht bis zum Hals, als sie zum Pult geht, ein Pult ist es eigentlich nicht, sondern ein Tisch wie alle anderen Tische auch , nur separiert von den anderen, so dass sie, wenn sie sich in dieser exponierten Position befindet, sich einer Vielzahl von Schülern gegenüber sieht, eine bizarre Kommunikation vorgebend, in der scheinbare Gleichheit besteht, von ihr aber kraft ihrer Stellung als Lehrerin eine magische Dompteurleistung erwartet wird, mit der sie die zahlenmäßig so heillos überlegene Gruppe in Schach halten soll. Sie weiß, sie sollte lächeln, aber ihre Gesichtsmuskeln sind erstarrt, sie sollten sich doch erst einmal gegenseitig kennen lernen, sagt sie, so hat sie es im Referendariat gelernt, aber ihr Stimme klingt fremd, als ob sie in einen hohlen Trichter spräche. Die Studierenden der Akademie, so nennt man ihre Schüler, kennten sich ja gegenseitig, da könnten sie sich auch gegenseitig vorstellen, natürlich nicht nur unter Nennung des Namens, sondern auch mit Information zum bisherigen Beruf, zu Hobbies, späteren Berufswünschen. Das dringende Bedürfnis einiger, sie demonstrativ durch den Kakao zu ziehen, wird bald überlagert vom Bedürfnis der Selbstdarstellung. Wenigstens bei den meisten, wenn auch einige sie bis zum Unterrichtsschluss mit Augen und Ohren belauern. Sie hat sich während der Vorstellungsrunde eifrig Notizen gemacht, sie wird alle Namen bis zur nächsten Stunde auswendig lernen, einen Sitzplan erstellen. Sie sollen sich bis zum nächsten Mal Brechts Kalendergeschichten besorgen, sie schreibt die Ausgabe an die

Tafel. Mit Brecht, zumal mit seinen Kalendergeschichten, hofft sie, kann selbst ein Greenhorn wie sie 1978 an der Sapientia-Akademie so viel nicht falsch machen.

In den nächsten Wochen, Monaten mühte sie sich ab, den vielfältigen Anforderungen an der neuen Schule zu genügen, als da waren nassforsches Auftreten und ein Mundwerk, das wie ein aufgezogener Spielautomat ununterbrochen lief. Was sie weder in Möckelsbach noch in Schneckheim, ihrem Heimatdorf, gelernt hatte. Was sie, wenn ein Sprecher der Jungsozialisten seine verbalen Kaskaden versprühte, immer wieder in große Verwirrung brachte. Zumindest irritierte. Umso minutiöser bereitete sie sich auf jede Stunde vor. Was ihr den Ruf einer fleißigen, wenn auch wenig talentierten Lehramtskandidatin einbrachte.

Sie sehnte die Wochenenden mit Holger herbei. Er erfand immer neue Liebesspiele, liebkoste sie mit Händen und Worten. Fragte aber auch mal stirnrunzelnd, ob sie nicht ästhetischer essen könne. Oft hatte er kaum etwas Essbares zu Hause, wenn sie ihn besuchte. Meistens mussten sie dann gemeinsam in der Halle des Hauptbahnhofs Hamburg einkaufen. Wo es besonders teuer war. Er hatte regelmäßig sein Portemonnaie vergessen, so dass sie alles auslegen musste. Da zu Hause sein Portemonnaie unauffindbar war, blieb sie auf den Kosten sitzen. Es schien ihn nicht im Geringsten zu stören, dass er als Studienrat mit seinen 37 Jahren wesentlich mehr verdiente als Agnes. Wenn sie ihn später ab und zu schüchtern an die noch zu zahlende Zeche erinnerte, wurde er richtig ungehalten. Wer würde denn ständig ans Geld denken! Das sei ja so etwas von bürgerlich, um nicht zu sagen kleinbürgerlich.

„Goldmäuschen, was ziehst du denn zum Deutschen Derby am Freitag an? Doch nicht schon wieder das cremefarbene Designerkleid, das du vor vierzehn Tagen beim John-Neumeier-Ballett in der Hamburger Staatsoper getragen hast." – Was meinst du denn, Berndibär?" Holger hört Schritte, das Öffnen des Kleiderschranks, dann wieder Sonjas Stimme „Findest du das lachsfarbene Coco-Channel-Kostüm besser? – Ja, zieh´ es doch mal an." Rascheln von Kleiderstoff. „Sieht umwerfend aus." Dann schmatzende Geräusche, Berndibär küsst sein Goldmäuschen und Holger möchte die Minikassette, die er gerade abhört, am liebsten aus dem Fenster oder in den Mülleimer werfen, aber das darf er auf keinen Fall, er muss alle Spuren seiner heimlichen Observation verwischen.

Doch er gab nicht auf. Er ver- und entwanzte Sonjas Wohnung zwei weitere Male, allerdings ebenso erfolglos wie beim ersten Mal. Vor Heilig Abend brachte Holger Geschenke für Thorsten zu seiner Ex. Sie vereinbarten, dass er seinen Sohn in der zweiten Hälfte der Weihnachtsferien abholen würde. Sonja war wieder bester Laune und bat ihn herein. Es entging ihm nicht, dass sie einen Goldring am linken Finger trug. Als sie auf der Toilette verschwand, montierte Holger die Wanzen im Schlaf- und Wohnzimmer in Windeseile ab. Die im Flur schaffte er nicht mehr, aber das war auch nicht so wichtig.

Er wollte seinem Thörstelchen etwas bieten, nur eine Woche Skiurlaub, nicht in St. Moritz, nur im Sauerland, er hatte ihm schon im letzten Jahr Skier geschenkt, ihm auch schon Skiunterricht gegeben, nur Trockenübungen, aber immerhin. Er hatte ein Zweizimmer-Appartement in Winterberg gemietet, ganz in der Nähe des Kahlen Asten.

Gleich am ersten Abend in Winterberg, Thorsten hat rote Apfelbäckchen von wackeligen Fahrversuchen auf der körnigen

Schneedecke, kehren sie in einem zünftigen Gasthaus ein, es ist immer noch mit Tannenzapfen und Tannenzweigen geschmückt, Holger bestellt für beide Schweinsrippchen, Sauerkraut und Kartoffelpüree, für sich einen Humpen Bier, für Thorsten Apfelschorle. Wie denn Weihnachten mit Mama und Bernd gewesen sei, was er geschenkt bekommen habe, fragt er. „Ein Pferd? Und Reitstunden?" – Das könne doch nicht sein, Reitstunden ja, aber schon ein richtiges Pferd, wo Thorsten doch noch gar nicht reiten könne. Doch, doch, ein....Wo es den eingestellt sei? Bernd habe einen eigenen Reitstall, da habe er sich eins aussuchen dürfen, da seien auch Boxen für jedes einzelne Pferd, im dazugehörenden Reiterhof bekäme er ab Januar auch Reitstunden.

Dieser Petersen, denkt Holger, dem ist doch jedes Mittel recht, um seinen Sohn kirre zu machen. Erst Segelunterricht auf der eigenen Segelyacht und jetzt das. Ja, wenn man Geld hat wie Heu, mit dem man nicht nur Pferde kaufen, sondern sie sogar füttern könnte, damit sie wieder Geld scheißen – mit oder ohne bricklebrick, dann ist alles möglich. „Ist ja phantastisch", sagt er nur, „und was hat Bernd denn Mama geschenkt?" Und Thorsten strahlt über sein rotes Apfelbäckchengesicht: „Eine Halskette mit ganz vielen Diamanten. Mama hat erst gesagt, die ist ja viel zu teuer. Wegen den vielen echten Diamanten, aber Bernd hat nur gelacht und gefragt, gefällt sie dir, für dich ist mir nichts zu teuer. Und dann ist ihm Mama um den Hals gefallen und hat immer wieder danke, danke, danke gesagt. Und Bernd hat gesagt, sie soll sich auch bei Jentzsche bedanken. Der hat doch mal wieder ein paar Millionen am Finanzamt vorbeigeschleust...."

Holger möchte vor Freude einen Luftsprung machen, Kindermund tut Wahrheit kund, aber er sagt nur, das ist aber ein tolles Geschenk für Mama, so eine echte Diamanten-Kette. Und für dich auch, ein Pferd und Reitstunden. Das kann dir dein armer Papa nicht bieten. Und er hat richtig kalkuliert, Thorsten schmiegt sich sogleich an ihn, beteuert immer wieder, dass es keinen besseren Papa als ihn gebe.

An Silvester hockt Agnes allein im Wohnzimmer ihres Elternhauses, ihre betagten Eltern sind schon längst zu Bett gegangen. Sie wartet auf Holgers Anruf um Mitternacht, wenn draußen die Böllerschüsse knallen. Die Weihnachtstage und auch die folgenden hat sie hier wie in einem Schneckenhaus verbracht, umsorgt von Mama und Papa, auch wenn ihr so viel elterliche Fürsorge bald zu viel wurde, sie war schließlich kein kleines Kind, sie hatten sie auch mit Geldscheinen und Gutscheinen überhäuft, damit sie sich im nächsten Jahr einen eigenen Wagen anschaffen könnte, wenigstens einen gebrauchten. Und sie war ihnen dankbar, aber gleichzeitig sehnte sie sich danach, Schneckheim so schnell wie möglich zu verlassen, nach Hamburg zu Holger zu fahren. Sich an ihn zu lehnen, sich ineinander zu schlingen, sich mit ihm zu verknoten. In immer neuen Liebesknoten, die Einsamkeit und Hilflosigkeit abwehren sollen.

RRRRRrrr, Agnes nimmt den Telefonhörer ab, sie sitzt ja schon die ganze Zeit vor dem Apparat. „Mein Eichhörnchen, mein bernsteinfarbenes, ich küsse deine Pfötchen und wünsche dir Prosit Neujahr", sagt Holger und ihr wird beim Klang seiner Stimme schwindlig. Sie wünscht ihm, ihnen beiden gemeinsam, ein wunderbares neues Jahr, in dem ihre Wünsche (wessen Wünsche? welche Wünsche?) wahr werden. Sie habe schon die Fahrzeiten für den morgigen Zug nach Hamburg parat. Sie käme am Bahnhof Altona um 17 Uhr an. Auf Gleis…Aber er unterbricht sie. Leider würde nun doch nichts aus ihren gemeinsamen Urlaubstagen in Volksdorf, seine Mutter sei plötzlich erkrankt, er müsse sich um sie kümmern, sie habe doch sonst niemanden. Das ist wohl alles erstunken und erlogen, aber das kann Agnes nicht wissen, und das ist für ihn erst einmal die Hauptsache. Schließlich hat er jetzt Wichtigeres zu tun als mit ihr herum zu turteln, er will jenen Jentzsche ausfindig machen, dann eine anonyme Mitteilung an das zuständige Finanzamt schicken, in der er auf Petersens Steuerhinterziehung hinweist. Oder lieber umgekehrt erst das Finanzamt informieren und dann auf Jentzsche-Suche gehen. Er kann natürlich nichts beweisen, aber er kann unverfänglich formulieren, es bestehe bei dem

Architekten Bernd Petersen der dringende Verdacht der Steuerhinterziehung, wahrscheinlich über Konten in Monaco. Mit der Beweisführung sollen sich die Steuerfahnder beschäftigen. Am Allerwichtigsten wird es wohl sein, seinen wieder entdeckten Freund, den Chefredakteur Thomas Altendorf, über diesen pikanten Fall aufzuklären.

Agnes' Stimme ist ganz dünn und hoch, als sie sich von Holger verabschiedet. Es kommt ihr vor, als breite sich Einöde in ihr aus, in der Gedanken und Gefühle verdorren. Eine sandige Ödnis, in der sie alleine ist. Sie möchte weinen, wie Alice in Wonderland in einem Teich aus Tränen schwimmen, aber die innere Ödnis lässt die Tränen vertrocknen, bevor sie entstehen. Bis Schuldgefühle in ihr sprießen. Wie kann sie nur so egoistisch sein, nur an ihre geplatzten Weihnachtstage-Träume mit Holger denken und nicht an Holgers kranke Mutti. Was für ein guter Sohn, was für ein guter Mensch er doch ist.

Thomas Altendorfs Mitteilung im Hamburger Abendblatt war unter der Sparte Regionales bereits Mitte Januar erschienen. Ein angesehener Hamburger Bürger, niemand Geringeres als der bekannte Architekt Bernd Petersen, der das Großbauprojekt in Rotherbaum leitet, stehe im Verdacht der Steuerhinterziehung in Millionenhöhe. Wenn sich der Verdacht erhärte, wäre dies ein Skandal ersten Ranges, da dem Staat und damit allen Bürgern der Freien und Hansestadt Hamburg Gelder für öffentliche Angelegenheiten vorenthalten worden seien. Natürlich gelte zunächst noch die Unschuldsvermutung, aber...

Und das Gift der wohlkalkulierten Rufschädigung begann bald zu wirken. Bereits Ende Februar gingen einige Freunde und Bekannte Sonjas zu ihr auf Distanz. Sie selbst hielt ihrem Bernd trotzig die Treue.

Agnes wunderte sich, dass Holger wohl immer von seinem Sohn schwärmte, sie ihn aber noch immer nicht gesehen hatte. Versteckte er ihn vor ihr? Oder versteckte er sie vor seinem Sohn? Immer, wenn sie ihm zu verstehen gab, wie gerne sie Thorsten kennen lernen würde, gab es irgendeinen Grund, warum dies jetzt gerade nicht möglich war.

Dafür lernte Agnes Holgers Nachbarin, die im ersten Stock wohnte, Ende Februar kennen. Auch sie war alleinstehend, vielleicht zwei Jahre älter als Holger, sah gepflegt und munter aus, plauschte ein wenig über den Garten, der vom Eigentümer nicht genug gepflegt werde, erzählte von ihrem Sohn, der Elektrotechnik studiere. Kaum war sie verschwunden, glaubte Holger sich bestätigt in seiner Annahme, sie spioniere hinter ihm her, läge auf der Lauer, um ihn zu umgarnen. Bei alleinstehenden Frauen mittleren Alters wisse man doch nie, was sie insgeheim im Schilde führten. Agnes fand die Frau offen und ehrlich, sagte es auch, aber Holger glaubte zu wissen, was er von Agnes´ Urteilen zu halten hatte. Auf ihre Frage, was die Frau arbeite, gab er ihr zu verstehen, dass sie von den Unterhaltszahlungen ihres geschiedenen Mannes lebe, also das reinste Schmarotzerdasein führe.

Als Holger Mitte März Thorsten fürs Wochenende abholen will, schnappt Sonja mit Worten nach ihm, noch bevor er „Hallo" oder „wie geht's" sagen kann. Er könne gleich wieder abziehen, zischt sie, während ihr gerupfter Vogelkopf vorwärts ruckt. Thorsten bleibe dieses Wochenende bei ihr, so hätten sie es schon Anfang des Jahres ausgemacht. Ob er sich nicht daran erinnere. Und um ihm Kaffee oder Tee zu servieren, habe sie keine Zeit. Sie habe eh nicht so viel Zeit wie der ehrenwerte Herr Kopke dafür verwende, seine Nase in anderer Leute Angelegenheiten zu stecken, schreit sie noch, bevor sie ihm die Tür vor der Nase zuschlägt.

Ist die für Petersen gestellte Falle zugeschnappt? Wenn ja, ahnt Sonja, wer ihren Berndibär in die Falle gelockt hat? Wahrscheinlich, aber selbst wenn sie ihm das Fallenstellen nachweisen könnte, hätten weder sie noch ihr Freund etwas gewonnen. Als er hinter dem Steuer sitzt, kann er das Lachen nicht mehr unterdrücken, es quillt aus ihm hervor, glucksend, gurgelnd, er muss sich am Lenkrad festkrallen, um die Spur halten zu können. Zu Hause liest er dann unter der Rubrik Regionales den langen Artikel voll moralischer Entrüstung, den Thomas Altendorf in der aktuellen Ausgabe des Hamburger Abendblatts lanciert hat. Jetzt liege der Fall des Stararchitekten Bernd Petersen, von dem bereits in der Ausgabe vom 17. Januar berichtet worden sei, bei der Staatsanwaltschaft. Wenn es sich bestätige, dass ein solch angesehener Bürger unserer Stadt Hamburg aus egoistischer Gier seine Mitbürger, vor allem die Ärmsten, um riesige Summen von Steuergeldern betrogen habe, wäre das ein nicht wieder gut zu machender Schaden. Thomas Altendorf war also als Erster von dem anstehenden Gerichtsverfahren gegen Petersen in Kenntnis gesetzt worden, was bei den zahlreichen Informationskanälen, deren er sich bedienen konnte, auch nicht erstaunlich war.

Da er die Osterferien bei Igor verbringen wollte, nahm Holger Daniel Schlesinger endlich wieder ins Visier. Hausmeister Fienske hatte ihm verraten, dass jener Philosophie studierte. Philosophie wie damals, als er noch in der DDR wohnte. Wenn er in philosophischen Höhen schwebte, waren von ihm kaum gegen den real existierenden Sozialismus gerichtete Umtriebe zu erwarten. Obgleich...Man konnte nie wissen. Vielleicht war er doch ein imperialistischer Zionist im philosophischen Schafspelz. Er, Holger, brauchte sich darüber nicht den Kopf zu zerbrechen.

In seinem Knautschkäfer folgte Holger Schlesingers Freunden in gebührendem Abstand, aber doch so, dass er sie nicht aus den

Augen verlor. Es dauert nicht lange, dann konnte er mit hausmeisterlicher Hilfe deren Namen dingfest machen. Meistens jüdisch klingende Namen. Rosenbaum, Silberstein, Wasserstrahl...

Aber zu ihnen selbst oder gar zu Schlesinger Kontakt zu suchen, traute er sich nun doch nicht. Er begnügte sich damit, sie heimlich aus allen möglichen Perspektiven zu fotografieren. Immerhin könnte er die Fotos und das Wenige, was er über Daniel Schlesinger wusste, Igor Pawlewki in Leningrad direkt überbringen.

Das junge Mädchen, in dem Fienske Schlesingers Freundin vermutete, arbeitete als Kellnerin in einer heruntergekommenen Kneipe. Sie war voll des Lobes über den spendablen Doktor Daniel. Wenn all ihre Kunden so wären wie der...Und was er, Holger, überhaupt wolle...warum er sie über Daniel, dessen Nachnamen wusste sie anscheinend nicht, ständig ausfrage...Ob er von der Kripo sei oder was...Da solle er sich mal andere Kerle vorknöpfen...

Holger wäre den Posten als IM, als inoffizieller Mitarbeiter, schon längst gerne losgeworden. Er musste unbedingt Igor seine Überforderung im Falle Schlesinger signalisieren, vielleicht gezielt ein, zwei Wochen vor dem Flug nach Leningrad eine Pulle Wein täglich konsumieren oder durch bewussten Schlafentzug seine physische Kondition so schwächen, dass die zuständigen Kader ihn selbst für Zuträger-Dienste ungeeignet finden würden.

„Mein Eichhörnchen, ich vermisse dich, ich möchte immerzu dein rotbraunes Fell streicheln, auf dem Kopf und anderswo", schreibt er Agnes auf der Rückseite der Postkarten mit Ansicht vom Schlossplatz, vom Mariinski Theater, vom Newski Prospekt, vom Peterhof, vom Bernsteinzimmer....Und Agnes, die auch die Osterferien allein verbringen muss, zehn Tage sind eh ausgefüllt mit der Korrektur von Klausuren und Unterrichtsplanung, saugt sich voll an den Liebesgrüßen aus Leningrad. Und wirklich, wenn er Olga zusieht, wie sie mit mächtigen Armen den Kessel voll Bortsch zum Tisch trägt, die Schöpfkelle tief in den sämigen Brei eintaucht, um reihum die tiefen Teller zu füllen, findet er die kleine Agnes weit weg in Hannover geradezu niedlich.

Aber er ist ja nicht wegen Olga in die Sowjetunion gereist, er hat Iwan über Daniel Schlesinger Rapport erteilt, auch die Negative besagter Fotografien pflichtgemäß übergeben und, was für ihn ausschlaggebend ist, Iwan und dessen Vorgesetzten davon überzeugen können, dass er nun den Stab der Ermittlung an einen formellen Mitarbeiter der Stasi weiterreichen kann. Es gelingt ihm sogar, Hinfälligkeit so gekonnt zu simulieren, dass er nicht mit einem neuen Auftrag nach Hause fahren muss. Ob er als IM nur vorerst oder ganz aus dem Verkehr gezogen wurde, weiß er allerdings nicht, unterlässt es auch lieber, danach zu fragen. Zum Abschied schenken ihm Iwan und Olga wieder eine Leninbüste, eine mit einer dünnen Bronzelasur, die wievielte, weiß er nicht mehr.

Der Prozess wegen Steuerhinterziehung war längst eröffnet, nicht nur im Hamburger Abendblatt, sondern auch im Fernsehen wurde über dessen Verlauf detailliert berichtet. Holger lachte sich ins Fäustchen, selbst dann noch, als ihm Thörstelchen von den Hänseleien in der Schule erzählte und er sehen musste, wie geknickt sein Söhnlein da saß oder mit eingeknickten Beinchen umherschlich. Hatte ihm dieser Petersen nicht sein eigen Fleisch und Blut abspenstig machen wollen? Natürlich hatte Thorsten mit seinen Reitstunden, dem eigenen Pferd geprahlt und die Schulkameraden hatten immer mehr wissen wollen. Wie viele Reitstunden? Auf welchem Reiterhof? Irgendwann habe sein

Freund Andreas gefragt, wem der Reiterhof gehöre und er, Thorsten, habe sich gar nichts dabei gedacht, als er den Namen von Mamas Freund sagte. Bernd Petersen. Aber vor vierzehn Tagen habe Andreas in der Pause vor allen anderen, wenigstens waren es sechs Schulkameraden, laut gerufen: Wisst ihr, wem der Reiterhof gehört, auf dem Thorstens Pferd steht, auf dem er reiten darf? Dem Betrüger Bernd Petersen, der jetzt ins Kittchen muss, weil er keine Steuern gezahlt hat. Und dann habe er sich vor Lachen gebogen und die anderen Kinder auch.

Thorsten kullern die Tränen über das kleine, helle Gesicht. Nie wieder will er mit dem gemeinen Kerl, dem Andreas, etwas zu tun haben, und mit dem gemeinen Betrüger Bernd, der jetzt ins Kittchen muss, auch nicht. Holger schlingt die Arme um sein Wichtelmännchen und versichert ihm, dass er mit den Hanseln noch ein Wörtchen rede werde, besser noch, mit deren Eltern. Er werde dafür sorgen, dass Bernd Petersen seinem Prinzchen nicht mehr zu nahe tritt, auch wenn er sich deshalb mit der Mama anlegen müsse.

Von nun an ist Thorsten zumeist anwesend, wenn Agnes Holger in Hamburg besucht. Holger beobachtet sie genau, kritisch, prüfend, wie sie mit seinem Sohn umgeht. So, als müsse sie vor ihm ein Examen bestehen. Das Examen der Ersatzmuttertauglichkeit. Sie, am Wochenende abgekämpft von ihren täglichen Schulkämpfen, taumelt in die privaten Prüfungsfallen, ohne sich deren bewusst zu werden.

Irgendwann beginnen ihn Agnes' Telefonate zu nerven, ihre verzweifelte Hilflosigkeit, wenn sie von renitenten Schülern erzählt, die ihre Überzahl nutzen, um sie vorzuführen, ihre Schüchternheit, die sich zu panischer Angst steigern kann, als Beweis für ihre Inkompetenz dem Direktor hinterbringen. Es erinnert ihn fatal an seine Überlebenskämpfe in seiner

Assessoren-Zeit, zumindest an seiner ersten Schule, als ein Fleisch-und Muskelpaket auf ihn zumarschierte und ihn angrinste: „Sie machen wir auch noch fertig." Er warf ihm die einzelnen Wörter ins Gesicht. Er spürt ihn jetzt noch, den Wörter-Wurf, er will ihn wegwischen, aus dem Gesicht wischen.

Das nächste Mal, als er Agnes in Hannover besuchte, fiel ihm auf, dass sich ihr Kiefer beim Essen vorschob. Manchmal wenigstens. Dass ihr Kinn beim Schlucken etwas absackte. Das sich feine Falten an ihrem Hals verästelten. Mit wachsender Irritation registrierte er diese ästhetischen Mängel.

Auf Agnes´ Schreibtisch sah er meistens Stapel von Blättern, von Heften liegen, Englisch- und Deutsch-Klassenarbeiten, Hausarbeiten, Grammatik-und Vokabeltests. Igor und der Stasi sei Dank nahmen sich die Russisch-Arbeiten, die er ab und zu korrigieren musste, demgegenüber sehr bescheiden aus. Und im Sport entfielen Klausuren sowieso.

In der Zeit des Wartens auf den Ausgang des Petersen-Prozesses hat sich Holger beim Personalrat über das Bewerbungs-Procedere auf eine A14 Stelle informiert. Bei seiner Fächerkombination sei es als Voraussetzung unabdingbar, Klassenlehrer zu werden, am besten in einer 5. Klasse, da könne er zur Not auch Deutsch und Sport unterrichten. Vor allem müsse er die Elternabende mitgestalten, einen tragfähigen Kontakt zu den Eltern aufbauen, die zu 70% aus alleinerziehenden Müttern beständen. Das letztere soll die kleinste Hürde sein, denkt Holger, während er seinen Antrag bei der Schuldirektion einreicht.

In den Großen Ferien wollen Holger und Agnes gemeinsam nach Italien fahren. In seinem nun noch ein wenig zerknautscheren Käfer. Agnes freut sich auf Bella Italia, von dem sie schon viel gehört, gelesen, auf dem Bildschirm, aber noch nie in natura gesehen hat.

Vor Antritt der Reise besuchen sie Agnes Eltern in Schneckheim. Agnes Eltern sind um die siebzig, der Vater ist herzkrank. Er kommt aus großbürgerlichen Kreisen. Damals, in der NS-Zeit, in der er sich standhaft weigerte, der Partei oder einer ihrer Organisationen beizutreten, begann seine Herzerkrankung, die ihn vor dem Krepieren auf einem der zahllosen Schlachtfelder des NS-Völkermordkriegs bewahrte. Wahrscheinlich waren es mehr noch die Beziehungen seines Vaters, denen er ab 1940 bis Kriegsende eine u.k. Stellung zu verdanken hatte. Nach Kriegsende wurde er von den Amis zum Vorstand eines Entnazifizierungsausschusses ernannt. Auch zum Richter, das heißt zum Beamten auf Lebenszeit. Allerdings in Schneckheim. Von dort aus konnte er mitansehen, wie die alten NS-Funktionäre und Würdenträger schnell wieder aus ihren Mauselöchern gekrochen kamen, wie sie in Windeseile Karriere machten.

Holger redet an ihrem Vater vorbei fast nur mit ihrer Mutter. Später, als sie schon nach Nürnberg unterwegs sind, konstatiert er nur die äußere Ähnlichkeit ihres Vater mit Albert Schweitzer und gesteht ihm zu, dass er es trotz alledem zu etwas gebracht habe.

In Nürnberg übernachten sie am Stadtrand in einer heruntergekommenen Kaschemme. Bei der Weiterfahrt über Ingolstadt, vorbei an München, Rosenheim, Innsbruck fliegen die hohen Berge und weiten Täler an Agnes vorbei. Blau, grün und gelb in allen Farbspektren. Meistens kann sie es sich auf dem Beifahrersitz bequem machen, sich auch an Holgers Schulter lehnen. Nur ab und zu überlässt er ihr, der Fahrungeübten, das Steuer, sie hat wohl seit drei Monaten ein eigenes Auto, einen knallroten gebrauchten Golf, von kleinen Ausflügen abgesehen, beschränkte sich ihr Fahrradius bisher auf die Strecke zur Akademie, zu ihrer Bank, zu Supermärkten.

Je mehr sie sich Bozen, dann Trient nähern, desto mehr sammelt sich die Hitze im Wageninneren, besonders um die Mittagszeit. Agnes kommt es vor, als säße sie in einem glühenden Ofen, aber sie kann nicht singen, wie die frommen Männer der Bibel in ihrem Feuerofen, sie kann nur vor sich hindösen und durch Augenspalten die liebliche Landschaft wahrnehmen. So etwas wie Klimaanlage existierte 1979 nur in Luxuslimousinen, nicht in VW-Käfern. Manchmal verschaffen die heruntergelassenen Fenster ein wenig Kühlung, die Holger gar nicht zu brauchen scheint. Ausgeruht und durchtrainiert, ein Turnlehrer in der Nachfolge Turnvater Jahns, fühlt er sich frisch, fromm nicht gerade, dafür aber fröhlich und frei. Auch wenn er sich nichts anmerken lässt, verachtet er insgeheim Agnes schwächliche Konstitution.

Auf einem Markt in Padua kauft Agnes einen weinroten Glockenrock, sie darf ihn in einer Behelfskabine, einem Zelt, anprobieren. Er liegt eng an der Taille an genauso wie ihr weißes Polohemd, was Holger, sobald sie aus dem Zelt tritt, ein „Ich bin stolz auf dich" entlockt. Doch, Mann konnte sich schon mit ihr sehen lassen, wenigstens zeitweise.

In Padua übernachten sie in einer Albergo, deren ockergelber Fassadenanstrich weithin leuchtet. Wie die blumengeschmückten Fensterbänke. Ein riesiges Doppelbett füllt fast das ganze Zimmer aus, nur noch ein Tischchen und zwei Stühlchen sind in eine Ecke gequetscht. Sie fallen beide aufs Bett, er zieht sich und sie in horizontaler Lage aus, wirft ihre Textilien schwungvoll ins Eck, bevor er sich auf sie wirft, bevor er auf ihr reitet, sie auf sich reiten lässt. In ihr schwingt er sich zu akrobatischen Höchstleistungen auf, aber ihre Orgasmen ekeln ihn insgeheim an, sexuelle Ekstase war schließlich etwas für Männer, ihr angestammtes Privileg, das hatte ihm schon seine Mutti beigebracht, allem freudianischen Gerede zum Trotz. Überhaupt stößt ihn ab, wie sie das Essen und Trinken zu genießen versteht. Es erstaunt ihn immer wieder, welche Unmengen sie vertilgen kann, ohne dick zu werden. Wenngleich, an den Schenkeln hat sie doch ein wenig Fett angesetzt, weshalb ihr mehr Selbstdisziplin gut anstände, findet er.

Am Stadtrand von Venedig parkt er seinen Käfer auf einem Großraumparkplatz. Sie besichtigen die Lagunenstadt. In den schmalen Gassen atmen sie deren fauligen Geruch ein. Als sie wieder zurück zum Parkplatz kommen, steigt gerade ein Gruppe Grauhaariger aus einem Reisebus aus. Holger verzieht angewidert das Gesicht, er versteckt sich hinter anderen in der Nähe stehenden Reisebussen. Ob ihm schlecht sei, will Agnes wissen. Noch von dem fauligen Geruch in den engen Gassen der Altstadt? Nein, von den vielen alten Menschen. Eine geballte Wagenladung Grauköpfe. Es werde ihm bei deren Anblick immer übel.

Agnes war Holgers Widerwillen unverständlich. Aber sie nahm ihn hin, sie war viel zu träge, um zu protestieren, bei der Weiterfahrt über Bologna, Florenz, Rom, Pisa, Genua nach Ventimiglia saugte sie die trocken-heiße Luft ein wie die opulenten Bilder von Palästen und Kathedralen, die selbst als kolossale Ruinen von einer Lebenskraft zeugten, die die Jahrhunderte überdauerte.

Mit Holger an ihrer Seite möchte sie die Zeit festhalten, nicht nur den Augenblick, sie ist keine faustische Seele, die immer strebend sich bemüht, bemühen musste sie sich eh schon ihr ganzes, noch nicht so langes Leben lang.

Auch als sie in Ventimiglia mit Holger in einem Ristorante sitzt und sich eingelegte Zucchini mit Pilzen als Antipasti auf der Zunge zergehen lässt, möchte sie zum Augenblicke sagen, verweile doch, du bist so schön. Sie merkt gar nicht, wie Holger sie beim Primi piatti, sie hat Cofanetti ripieni [17], er Gnocchi bestellt, mustert. Sein sezierender Blick, der jede Partikel ihrer Gesichtshaut ausleuchtet. Der mikroskopische Blick, der ihren Hals scannt, genau in dem Augenblick, als sie einen herzhaften Schluck aus dem mit Ardal Crianza Ribera Del Duera Do[18] gefüllten Glas nimmt. Sie lacht ihm zu, will ihm nochmals zuprosten.

„Kürbiskopf, Schildkrötenhals." Holgers Lippen haben sich kaum bewegt, und doch muss er dies gesagt haben, denn außer ihnen sind keine Deutsche anwesend. Die Tränen, die ihr übers Gesicht laufen. Sie sprudeln aus ihren Augen, sie kann den Tränenfluss nicht stoppen, wie man einen Wasserhahn zudreht. Sie kann nur nach einem Taschentuch in ihrer Handtasche kramen und das Gesicht abtupfen, die Nase putzen, die Augen wischen. Jetzt sieht sie die kalte Gleichgültigkeit in Holgers Blick. Allenfalls scheint dieser zu verraten, dass er von ihrem Gefühlsausbruch peinlich berührt ist. Und Erleichterung darüber, dass keiner der Gäste ihn bemerkt hat.

Die Rückreise über Cannes, Aix-en-Provence verläuft frostig. Bis Valence. Dort, in einem weichen französischen Bett gelingt es ihm wieder, sie mit Liebesschwüren und Umschlingungen einzulullen. Sie fahren weiter über Lyon, Besancon, Riquewihr. Sie sei doch sein liebes, niedliches Eichhörnchen, flüstert er ihr

---

[17] gefüllte Blätterteigpasteten

[18] leichter Rotwein

unterwegs ins Ohr, sie dürfe nicht das dumme Zeig, das er in Ventimiglia von sich gegeben habe, ernst nehmen. Zieht sie mit einer Hand an sich, mit der anderen hält er das Steuer fest. Wenn sie rasten, in Strasbourg, Karlsruhe, Frankfurt oder Kassel, stülpt er seinen Mund über ihren. Ob sie ihm verziehen habe, fragt er reumütig, als sie in Hannover in Agnes Wohnung ankommen. Ja, doch, sicher, sie will doch nichts anderes als ihm verzeihen, sich an seiner Liebe oder an dem, was sie für seine Liebe hält, festklammern wie an einem Rettungsanker.

Ein paar Wochen später schien sie die ganze Sache vergessen zu haben. Aber er, Holger, nicht. Die wöchentlichen Besuche entweder in Hannover oder in Hamburg gingen weiter. Sie kämpfte an der Akademie immer noch ums Überleben, während er zum Beförderungsflug durchstartete. Regelmäßig mit den alleinerziehenden Müttern seiner Schüler und Schülerinnen Kaffee trank und mehr oder weniger Süßholz raspelte. Im Mai 1980, kurz nach seinem 38. Geburtstag wurde er von dem Kultusministerium der Freien Hansestadt Hamburg zum Oberstudienrat ernannt.

Zu Agnes 29. Geburtstag Ende Oktober schenkt er ihr eine der vielen Leninbüsten, die er in einer Holzkiste in Volksdorf aufbewahrt. Nicht die bronzene, sondern die aus Messing. Sie trinken gemeinsam Kaffee und essen Kuchen im Alex im Alsterpavillon. Dann besuchen sie die Einweihung eines Mahnmals für die Ende April 1945 ermordeten Häftlinge in Neuengamme. Nach dem Vortrag schreitet Holger nach vorn, alle Augenpaare sind bewundernd auf ihn gerichtet, als er einen Kranz am Mahnmal niederlegt.

Bei ihrem nächsten Besuch in Hamburg Ende November 1979 gehen sie gleich nach ihrer Ankunft in ein Restaurant. Während des Essens bleibt er einsilbig, antwortet auf ihre Fragen allenfalls mit ja oder nein oder fragt, ob sie ihre Frage nicht wiederholen könne, während seine Augen auf den weiblichen Augenweiden spazieren gehen. Sie verstummt immer mehr, meint dann nur noch, dass sie ihm zu Hause etwas zu sagen habe.

Es störe sie sehr, bekennt sie, als sie in seiner Wohnung angekommen sind, wie er andere Frauen ansehe. Sie mit ihrer kleinbürgerlichen Eifersucht. Es sei nun mal so, dass ihr Äußeres ihm immer wieder Nadelstiche versetzt habe – in der letzten Zeit immer öfter. Sie wisse ja. Ihr Schildkrötenhals. Dann fährt er mit der Aufzählung ihrer körperlichen Mängel fort: ihre zu kleinen Hände, und obwohl sie schlank sei, habe sie hier und dort doch Fettpölsterchen. Wenn er es genau bedenke – Fettpölsterchen an allen falschen Stellen. Zum Beispiel an den Schenkeln. Ihren Schildkrötenhals könne sie problemlos durch einen schönheitschirurgischen Eingriff loswerden, auch Körperfett ließe sich ebenso problemlos absaugen. Dann fängt die blöde Tussi auch noch an zu heulen, hat dann aber wenigstens so viel Verstand, ihre Heulerei im Badezimmer fortzusetzen.

Agnes ist es, als würde ihr der Boden unter den Füßen weggezogen, als schlittere sie auf Treibsand, in dem sie immer tiefer einsinkt. Als treibe sie auf hoher, stürmischer See in einem löchrigen Boot, in das von allen Seiten Wasser eindringt. Trotz des Vorfalls in Ventimiglia, als Holger sie mit fauligen Worteiern bewarf, hat sie ihm vertraut, weil sie ihm unbedingt vertrauen wollte, weil sie ohne dies Vertrauen sich selbst nicht mehr vertraute. Sich kaum zutraute, den zermürbenden Schulalltag zu be-, zu überstehen. Dann wiederholt sie seine hässlichen Worte, befühlt sie, wie man mit der Zunge einen schmerzenden Zahn befühlt, und begreift deren unverhüllte Lieblosigkeit. Vom vielen Weinen sind ihre Augen ausgetrocknet und Augen und

Gesichtshaut puterrot angeschwollen. Das fließende Wasser, das sie darüber rinnen lässt, kühlt nicht nur äußerlich, sondern dämpft auch den Gefühlswirrwarr in ihrem Innern, so dass das Denken nach einer Abschaltphase wieder einsetzt. Sie wird alle Tränen-Spuren überschminken, überpudern, eine kleine Tablette Tavor schlucken, der Arzt hat sie ihr schon vor einem Jahr verschrieben, als sie an der Akademie unterzugehen glaubte. Sie weiß die weich- einlullende Wirkung der weißen Kügelchen zu schätzen, weshalb sie immer einige in einer Pillendose bei sich trägt. Gleich morgen früh wird sie ein Taxi bestellen, sich zum Hauptbahnhof fahren lassen. Dann wird sie am Schalter nach dem nächsten Zug nach Hannover fragen. Ihre Rückfahrkarte hat sie ja in der Handtasche.

Diese Mal tut Holger nicht zerknirscht, sondern schaut ihr nur beim Packen und Verlassen der Wohnung zu. Kühl, sachlich, teilnahmslos. Tschüs, sagt er noch. Nicht mehr und nicht weniger. Uff, die war er glücklich los. Es ging schneller, als er es zu hoffen wagte.

Noch vor Jahresende wurde das Urteil im Petersen-Prozess gesprochen: Der Stararchitekt und gewesene zukünftige Gatte von Holgers Ex-Frau wurde zu einer Geldstrafe von 8 Millionen nebst einer Haftstrafe von einem Jahr und vier Monaten auf Bewährung verurteilt. Ob Sonja sich noch mit Bernd traf oder nicht, wusste Holger nicht, er wusste aber von Thorsten, dass jener schon seit Prozessbeginn nicht mehr in Sonjas Wohnung aufgetaucht war, von gemeinsamem Urlaub ganz zu schweigen.

Im Frühjahr wurde Holger zweimal von einem Dezernenten und einem Fachberater anhospitiert. In den anschließenden

Besprechungen erfuhr er, dass seine Beförderung zum Oberstudienrat feststehe, er müsse sich nur noch bis zur Ausstellung der Urkunde, die sich wegen der anstehenden Osterferien in den Mai hineinziehen könnte, gedulden.

Holgers nächste Handlungen bestanden darin, sich eine neue Wohnung zu suchen. Eine preiswerte Zweizimmer-Wohnung in Zentrumsnähe. Er fand bald eine in St. Georg, in der Brennerstraße. Sie lag im zweiten Stock eines Altbaus über einer Kneipe und war ziemlich heruntergekommen, da die vorigen Mieter, ein altes Ehepaar, wohl nicht mehr die Kraft und das Geld hatten, um die Wohnung einigermaßen in Schuss zu halten. Immerhin hatte der Vermieter vor Holgers Einzug die komplette Renovierung und Reinigung versprochen. Was dann auch notdürftig geschah. In den frisch geweißelten Wänden war es fast so gemütlich wie in einem Kellergewölbe. Was Holger erboste, waren jedoch nicht die Wände, die geweißelten. Es war das Gehänge aus Spinnweben, das in zwei Ecken des Wohnzimmers baumelte. Warum war hier nicht gründlich sauber gemacht worden? Er würde sich bei Herrn Lemke, dem Vermieter, beschweren. Es wäre doch lächerlich, anzunehmen, die Spinnen seien ihm hierher gefolgt oder sie seien integraler Bestandteil seiner Umgebung, so als gehörten sie zu ihm und er zu ihnen. Ein absonderlicher, abstruser Einfall.

Er kaufte sich einen silbergrauen Anzug. Mehrere dazu passende Hemden. Zu Hause vor dem Standspiegel dehnte, reckte und streckte er sich im silbergrauen Anzug mit schwarzem Hemd. Im silbergrauen Anzug mit rosafarbenem Hemd. Im silbergrauen Anzug mit blütenweißem Hemd. Er lächelte seinem Spiegelbild zu. Holte seine Kamera, positionierte sie in der für eine Ganzkörperaufnahme korrekten Entfernung und stellte den automatischen Auslöser für die Bildaufnahme ein. Dann brachte er sich geschwind vor dem Apparat in Positur. Die Chiffren aus den Heiratsannoncen in DIE ZEIT, an die er sein Konterfei mit ein paar hingeworfen Zeilen schicken wollte, lagen schon bereit.

Eine Einladung von Thomas Altenburg ließ nicht lange auf sich warten. Dieses Mal nicht in dessen Villa, sondern zu einem Pferdegalopprennen in Hamburg, zum Deutschen Derby. Holger als Sportlehrer habe doch gewiss an einer solchen Veranstaltung Interesse.

Holger lernte bei diesem Event nicht nur wohlhabende Pferdezüchter mit eigenem Reiterhof und Gestüt mit Rassepferden kennen, sondern auch Rassefrauen, gertenschlank, die blonde Körper himmelanstrebend. Einer der Züchter und Reiterhofbesitzer, dessen Vater durch Arisierungskäufe in der NS-Zeit ein stattliches Vermögen angehäuft hatte, sah Holgers begehrliche Blicke und gab ihm zu verstehen, dass er gerne einen Treff für Holger mit einer der exquisiten Damen arrangieren könnte. Es handle sich natürlich um Escort-Damen. Aber er, Holger Kopke, könne ab und zu eine zum ermäßigten Sondertarif haben.

Während seine Annoncenbekanntschaften andauerten, war er froh, dass Agnes nichts von sich hören ließ. Nach etwa drei Monaten rief er sie doch an. Mit leiser, eindringlicher Stimme bat er sie um Verzeihung, er habe wie ein Hornochse gehandelt, ob er sie nicht in Hannover besuchen dürfe. Erst jetzt sei ihm bewusst geworden, was für ein wertvoller Mensch sie sei. Sie solle ihm, ihnen, sagte er, noch eine Chance geben. Wenigstens zu einer offenen und ehrlichen Aussprache. Er spürte ihre Unschlüssigkeit, ihr zögerndes Warten. Mit behutsamer Beharrlichkeit wusste er den Liebesleim zu verstreichen, auf den sie kriechen sollte. Als sie wie eine Fliege mit einem Bein schon fast daran klebte, zog er sich zurück. Ein paar Monate später kam dann ihr Anruf. Ob sie es noch einmal versuchen sollten, fragte sie. Sie wolle von ihm eine ehrliche Antwort. Das möchte er ihr überlassen, sagte er. Er hört nur noch, wie sie den Hörer auflegte. Dann war endlich Schluss.

Er verschickte weiter seine Fotographie an diverse alleinstehende, akademisch gebildete, bürgerliche Frauen über ganz Deutschland verstreut – in den Schwarzwald, nach Franken, nach Hessen, Niedersachsen, Schleswig-Holstein...An Ulrikes, Giselas, Brigittes, Simones, alle zehn bis fünfzehn Jahre jünger als er, liebesbedürftig, naiv und unbedarft oder mitten in Lebenskrisen steckend. Indem er den ehrlichen, emanzipierten, fürsorglichen Gefährten mimte, konnte er in knapp zehn Jahren ein grobmaschiges Netz über Süddeutschland, Hessen bis hinauf nach Niedersachsen spannen, in dem seine verliebten Käfer und Fliegen zappelten. Bis sie anfingen, sich zu verzappeln, bei dem unsinnigen Versuch, selbst Fäden zwischen sich und ihn zu weben.

Zum Beispiel Simone....Simone zitierte sogar aus „Der kleine Prinz" von Saint-Exupérie[19]: ´So bin ich ein Fuchs, der hundert tausend Füchsen gleicht. Aber wenn du mich zähmst, werde ich für dich einzig sein auf der Welt´. Als ob ihm daran gelegen wäre, zu zähmen oder gezähmt zu werden. Zu diesem Zeitpunkt fiel ihm Simones Leberfleck auf. Auf der linken Wange in der Nähe des Nasenflügels. Bis er die intensive Braunfärbung nicht mehr ertragen konnte. Ob sie diesen fatalen Fleck nicht operativ entfernen lassen könne, wollte er wissen, als sie sich besonders innig an ihn schmiegte.

---

[19] Saint Exupéry, Antoine de: Le petit prince. New York 1943

Was dann folgte, war nichts als hysterische Zappelei, bis sie sich nicht mehr rührte. Aus und vorbei. Dann ließ er sie aus seinem Netz fallen, am Auffressen war er nicht interessiert.

Ab und zu plagte ihn doch die Neugier, was aus seinen Verflossenen geworden war. Zum Beispiel aus Agnes. Ob sie noch in Hannover wohnte? Immerhin, im örtlichen Telefonbuch fand er ihren Namen und eine neue Adresse. Dann hatte sie die Assessoren-Zeit anscheinend doch erfolgreich absolviert, dann müsste sie längst Studienrätin sein. Ob sie noch an der Akademie tätig war?

Der Kontakt zu Igor Pawlewski brach in all den Jahren nicht ab, auch wenn die zeitlichen Abstände zwischen seinen Besuchen in der Sowjetunion immer größer wurden Er bekam nur noch selten Observationsaufträge, die wenigen, die er erhielt, erledigte er nebenher oder versuchte, sie loszuwerden. Dass die Zeichen auf Selbstauflösung der DDR, wohl auch der UDSSR, standen, hatte er längst begriffen und seine Leninbüsten entsorgt.

Holger Kopke hatte neue Freundinnen gefunden, schließlich gingen die Escort-Damen selbst zum Sondertarif ins Geld. Freundinnen mit kleinen Vogelgesichtern und spitzen Schnäbeln. Sie waren zumeist in dezentes Rauchgrau gekleidet, passend zu seinen silber- oder hellgrauen Anzügen. Auch ansonsten wussten sie sich seinen Bedürfnissen anzupassen. Sie waren zur Stelle, wenn er rief, zogen sich zurück, wenn er seine Ruhe haben wollte. Sie waren ein Muster anspruchsloser Selbstdisziplin. Sie lachten, wenn er lachte, gifteten an, wen er angiftete, nie reagierten sie eifersüchtig, wenn er seine Abende doch lieber mit weiblichen Paradiesvögeln als mit ihnen, den Rauchgrauen, verbringen wollte.

1989, beim Zusammenbruch der DDR und später der Sowjetunion, geriet Igor Pawlewski als KGB Mitarbeiter kurz ins Visier der Ermittlung, konnte sich jedoch durch geschicktes Taktieren den kapitalistischen Verhältnissen anpassen, da große Teile der alten Oligarchie bald in der neuen, finanzkräftigen Russenmafia aufgingen. Davon profitierte nicht nur Igor, sondern, last but not least, auch Holger Kopke und irgendwann einmal auch Holgers Sohn, Thorsten Kopke. Zu Beginn des neuen Milleniums wurde Baden-Baden, schon seit alters her in vielfältiger Weise mit Russland verbandelt, zum beliebten Zielort für die neue russische Oberschicht, die eine Villa nach der anderen aufkaufte. Zumeist gegen Barzahlung.

Zu dieser Zeit, Holger war gerade pensioniert, Thorsten hatte sein Studium der Informatik längst abgeschlossen und eine gut dotierte Stelle in der IT-Branche gefunden, fragte Igor Holger bei einem Besuch in Hamburg, ob dieser bei solchen geschäftlichen Transaktionen nicht als Dolmetscher und Unterhändler fungieren wolle. Sein Schaden würde es nicht sein.

Holger nahm mit Maklern und potentiellen Käufern Tuchfühlung auf, seine hervorragende Observierungskunst leistete ihm dabei gute Dienste. Bald strich er satte Provisionen ein, die er dank fachmännischer Beratung am Fiskus vorbeischleuste und geschickt in Immobilien anlegte. Über ganz Norddeutschland verteilt, in Oldenburg, Bremen und Lüneburg kaufte er Wohnungen auf, geräumige Wohnungen in gepflegten, neuerbauten Wohnanlagen. 2012 besaß er zusammen mit einer 150 qm großen, sanierten Altbauwohnung in Hamburg Harvestehude bereits sieben an der Zahl. Auch seine Pferdezüchter-Freunde waren mächtig ins Immobiliengeschäft mit den Russen eingestiegen. Und waren natürlich bei den alljährlichen Pferderennen in Iffezheim mit von der Partie wie all die Rasse-Klasse-Frauen, die sich dort den Schönheitsrang abliefen.

Als er sich 2012 geschäftlich in Baden-Baden aufhielt, sah er sie die Kaiser-Allee entlang fahren. Agnes Eggert. Sie hatte sich kaum verändert, von ihren silberweißen Haaren abgesehen. Was machte sie denn in Baden-Baden? Als er sie nochmals dort sah, dieses Mal zu Fuß auf der Langen Straße, lächelte er ihr zu, sie waren doch alte Bekannte, könnten sie nicht wieder Freunde sein? Aber sie ignorierte ihn, sah durch ihn hindurch. Ging erhobenen Hauptes an ihm vorbei.

Er fuhr jetzt einen silbergrauen BMW, an seiner Seite hatte er immer eine aus seiner rauchgrauen Geflügelschar, ab und zu auch einen weiblichen Paradiesvogel. Er gehörte jetzt dazu. Er war angekommen. Er ließ sich nicht einfach ignorieren, schon gar nicht von einer Agnes Eggert.

Er war mit seiner Entourage ständig auf Achse – nicht nur, um da zu sein, wo wichtige Events stattfanden. Wo ein lukratives Geschäft zu machen war, mit Pferden oder Immobilien, sondern auch, um die aus dem Netz Gefallenen, die Randständigen, die immer noch oder schon wieder nicht dazu Gehörenden, aufs Korn zu nehmen. Die Ulrikes, Brigittes, Giselas, Simones, Agnes´ und Sonjas.

Nein, nicht Brigitte, Gisela und Sonja, die hatten wieder einen Mann an ihrer Seite. Sonja schon längst nicht mehr Bernd Petersen, sondern einen anderen Kerl in zerbeulten Jeans, für den sich Holger nicht weiter interessierte. Aber Ulrike, Simone und Agnes, mittlerweile älteren Damen, die oft alleine unterwegs waren. Oder mit einer älteren Freundin. Sobald er sie erspähte, umkreiste er sie mit seiner silbergrauen Limousine, während sich eine seiner Graugewandeten grinsend an ihn lehnte. Es ärgerte ihn nur, wenn die abgetakelten Weiber zu lachen anfingen. Allein oder zusammen mit ihren Freundinnen. Was hatten denn die noch zu lachen?

Quellen

Brantenberg, Gerd: Die Töchter Egalias. Berlin 1980

French, Marilyn: Der Krieg gegen die Frauen. München 1992

Freud, Siegmund: Das Unbehagen in der Kultur. Wien 1930

https://de.wikipedia.org/wiki/Hexenverfolgung

https://en.wikipedia.org/wiki/Seraphine_Louis

http:// www.bmfsfj.de/BMFSF/Gleichstellung.Lid=88096.html

Reich, Wilhelm: Die Funktion des Orgasmus. Köln 1969

Saint-Exupéry, Antoine de: Le petit prince. New York 1943

Wehrle, Martin: Herr Müller, Sie sind doch nicht schwanger? München 2014